사춘기 딸
갱년기 엄마는
성숙해지는 중입니다

사춘기 딸 갱년기 엄마는
성숙해지는 중입니다

초판 1쇄 인쇄 2023년 1월 15일
초판 1쇄 발행 2023년 1월 30일

지은이 남현주

펴낸이 우세웅
책임편집 한홍
기획편집 김휘연 정보경
콘텐츠기획·홍보 김세경
북디자인 이유진

종이 페이퍼프라이스㈜
인쇄 (주)다온피앤피

펴낸곳 슬로디미디어그룹
신고번호 제25100-2017-000035호
신고연월일 2017년 6월 13일
주소 서울특별시 마포구 월드컵북로 400, 상암동 서울산업진흥원(문화콘텐츠센터)5층 22호

전화 02)493-7780 | **팩스** 0303)3442-7780
전자우편 slody925@gmail.com(원고투고·사업제휴)
홈페이지 slodymedia.modoo.at | **블로그** slodymedia.xyz
페이스북·인스타그램 slodymedia

ISBN 979-11-6785-111-6 (03810)

엄마와 딸, 서로를 향한 마음을 이해하고 행복하게 사는 법

사춘기 딸 갱년기 엄마는 성숙해지는 중입니다

남현주 지음

SEOLREM
설렘

프롤로그

"사춘기가 이기나? 갱년기가 이기나?" 하는 우스갯소리가 있다. 사춘기와 갱년기의 관계가 애당초 싸움이 되지 않을뿐더러, 누가 이기고 진들 이득이 될 것도 없다. 사춘기 자녀가 이긴들, 갱년기 엄마가 이긴들, 누구에게 이 부끄러운 전쟁을 떠벌릴 수 있으며 누구에게 축하받을까?

"사랑으로 당신을 갖고 10개월 동안 그저 건강한 아이가 나오기만 기도하던 부모를, 산후 우울증을 이겨내며 잠투정하던 당신을 업은 채 소파에 엎드려 자던 엄마가, 침이 줄줄 흘러도 예쁘다고 하고 똥 냄새도 향기로워하던 아빠가, 당신의 눈치를 보게 만들고 늦은 밤 남몰래 울게 만드셨군요. 축하드립니다. 사춘기와 갱년기의 싸움에서 당신은 승리하셨습니다."

"사춘기 자녀의 코를 납작하게 만드셨군요. 축하드립니다. 그러나 사춘기는 어두운 터널 같은 것이라서 외계인 같은 아이가 곧 정상적인 인간으로 거듭날 것이라는 생각은 안 하셨나요? 당신의 자녀는 엄마의 괴팍한 성격을 맛보았으니 친구 같은 사이가 되는 것은 영원히 불가능합니다. 앞으로 당신은 자녀의 눈치를 보게 될 것이고, 아이와 진정한 대화를 하는 데는 오랜 시간이 걸릴 예정입니다."

사춘기와 갱년기의 대결은 결국 이런 암울한 결과밖에 없다. 그렇다면 사춘기와 갱년기의 대결은 어떻게 생겨난 것일까? 사춘기와 갱년기의 전쟁이 시작된 것은 첫아이를 낳는 나이가 점점 높아져서 그 아이가 사춘기를 지나는 동안에 엄마도 갱년기를 겪게 되니 사춘기와 갱년기가 겹치면서 일어난 일이다.

인생의 첫 격동기인 사춘기와 중년에 접어들어 첫 격동기인 갱년기가 부딪치는 일이 많은 가정에서 비일비재하게 일어난다. 사춘기인 자녀들은 꼰대 같은 말과 행동을 하는 부모를 이해하지 못하고, 갱년기를 겪는 부모는 삐딱한 모습과 거친 말을 내뱉는 자녀를 버거워한다. 사춘기와 갱년기의 중요성을 따져볼 겨를도 없이 누가 더 증상이 심한지 겨루며 서로를 찍어누르는 형태가 되었다.

그렇다면 사춘기와 갱년기는 무엇일까? 사춘기는 육체적, 정신적으로 성인이 되어가는 시기로, 성호르몬의 분비가 증가하여 2차 성징이 나타나면서 이성에 관심을 가지고 춘정을 느낀다.

청년 초기로 보통 15~20세를 이른다.

여성은 나이가 들면서 난소가 노화되어 기능이 떨어지면 더 이상 배란을 하지 않으면서 여성호르몬이 생산되지 않는데, 이것이 바로 폐경이다. 1년간 생리가 없을 때 폐경으로 진단한다. 이러한 변화는 대개 40대 중후반에 시작되어 점진적으로 진행되는데, 이때부터 생리가 끝나고 약 1년 후까지를 폐경 이행기, 더 흔히는 갱년기라고 하며 그 기간은 평균 4~7년 정도다.

사춘기와 갱년기 모두 호르몬에 의해 갑작스러운 신체적, 감정적 변화를 겪는다. 또한 개인마다 나타나는 시기와 증상이 다르다는 공통점이 있다. 어떤 사람은 그 시기가 온 줄도 모르게 지나가고, 어떤 사람은 주변 사람이 모를 수가 없을 만큼 티가 난다. 자녀의 사춘기와 부모의 갱년기가 대결처럼 보이는 것은 사실 그 증상들이 서로 충돌하기 때문이다. 부모와 자녀가 서로를 미워해서 부딪히는 것이 아니다. 사춘기의 증상과 갱년기의 증상이 부딪히는 것이다.

문제는 갱년기와 사춘기의 증상이 어떤 면에서는 비슷하다는 것이다. 감정 기복이 오르락내리락하고, 만사에 예민해지고, 우울하고 불안하다. 가족 중 한 명만 증상이 도드라져도 집안 분위기가 어지러운데, 엄마와 자녀 혹은 아빠까지 이 전쟁에 합세하면 그야말로 혼란의 도가니가 된다.

이때, 부모는 사춘기 아이의 방문 닫는 소리에도 민감해진다. 그 소리가 듣기 싫어서 아예 자녀의 방문을 뜯어버렸다는 사람도 있다. 자녀에게 잔소리하고 마음 편할 부모는 없다. "아니, 나 좋자고 공부하라고 하냐고? 다 저 잘되라고 하는 말이지. 잔소리 좀 했다고 저렇게 문을 걸어 닫을 건 뭐람?" 말은 그렇게 해도 자녀가 자신을 피하고 어깨가 축 처진 모습을 보면 괜히 잔소리했나 싶어 자책하고 후회한다. 그렇지만 다시금 무책임하고 비이성적인 자녀의 행동을 보면 이성을 놓는다.

사춘기 자녀 또한 부모의 한숨 소리에 예민해진다. 모든 것이 자신의 탓인 것만 같아 가시방석이다. 부모가 화내는 모습을 좋아하는 자녀는 없다. 부모의 마음에 쏙 드는 자녀가 되기 위해 나름대로 노력하지만, 부모는 내 마음을 몰라준다. 내 행복 따위에는 관심도 없고 오로지 공부를 잘하는 아이를 원하는 것만 같아 야속하다.

결국 갱년기 부모나 사춘기 자녀나, 서로를 향한 마음과는 다른 행동과 말을 한다. 그리고 그 과정에서 부모와 자녀는 크고 작은 마음의 상처를 받는다.

사춘기와 갱년기를 모르는 사람은 없다. 정보는 널리고 널렸다. 사춘기와 갱년기가 왜 생기는지 알고, 증상을 완화하는 방법도 수천수만 가지다. 그러나 안다는 것은 얼마나 가볍고 무의미한지. 물론 상대가 왜 저렇게 난리 블루스인지 모르는 것보다야 낫지만, 안다 한들 그 해결 방법이라고 주어진 것이 이론적이고 추상적인 데다 실천하기가 너무 어렵다.

원인을 알면 해결 방법이 바로 보이는 것처럼 이야기하는 정보에는 항상 이런 말이 붙는다. "혼란의 시기를 잘 극복해야 서로의 감정을 다치지 않고 끈끈한 부모 자식이 될 수 있다." 과연 원인을 안다고 해서 사춘기와 갱년기를 현명하게 지나가는 방법을 찾을 수 있을까? 방법이 있기는 한 걸까? 내가 제일 싫어하는 말이 바로 '잘'이라는 말이다. 적당하게, 부족하지도 넘치지도 않는 적절한 상태. 말이 쉽지, '잘하면 된다'라는 말만큼 무책임하고 무정한 말이 어디 있을까.

그런 의미에서 나는 감히 말할 수 있다. 사춘기와 갱년기를 잘 극복하는 방법은 있다. 게다가 아주 간단하다. 최대한 참고 인내하며 서로를 인정하는 것, 싸움은 정중하게, 상대방에게 험하고 거친 말은 삼가며, 혹시 실수했다면 사과는 되도록 빨리 해야 한다는 것, 성적보다는 과정을 칭찬하고 용돈은 항상 넉넉하게 줘야 한다는 것, 그리고 가끔 마주 앉아 자신의 감정을 솔직하게 말할 것. 깜짝 놀랄지도 모른다. 갱년기 부모와 사춘기 자녀의 전쟁 같은 일상을 이기는 방법이 이렇게 평범하다고?

그렇다. 별다른 방법이 없다. 아이의 사춘기가 곧 온다는 것을 알았고, 우리 부부의 갱년기가 온다는 사실도 알았다. 나름 공부도 했고 대비도 했다. 게다가 나는 아이들을 돌보는 보육교사가 아닌가. 그러나 막상 아이의 사춘기가 오자 우리 부부는 당황했고, 서로의 마음에 상처를 입히는 작은 폭탄을 주고받았다. 그 폭탄이 마음속에서 터지면 오랫동안 가슴을 부여잡고 울었다. 그렇게 고통스러운 시간을 보낸 후 "졌잘싸(졌지만 잘 싸웠다)"라는 아이들의 말처럼 그 시간을 생각하면서 거대한 태풍이 휩쓸고 간 흔적을 청소하듯 정리할 수 있었다.

마음이 제법 단단해졌는지, 이제는 울지 않고 사춘기 아이와 겪은 일들을 이야기할 수 있다. 아이의 사춘기와 부모의 갱년기가 부딪치면 어떤 일상이 펼쳐지는지, 아이와 부모는 어떻게 서로를 상처 입히고 그 과정을 어떻게 헤쳐나가는지 들려주고 싶었다. 힘들고 고달픈 긴 여행을 마치고 이제 소파에 편하게 누운 부모와 자녀라면 "그땐 그랬지"라며 웃으며 읽을 것이고, 현재 사춘기와 갱년기가 충돌하며 일어난 폭풍 속을 걸어가고 있는 부모와 자녀라면 자신의 이야기라며 복받치는 울음으로 읽을 그 시절의 이야기들을.

남현주

차례

3부 사춘기와 갱년기

4부 오늘 밤에도 어느 집 거실에서는

1부

사춘기가 왔다

나는 전생에 신데렐라

당장이라도 호적에서 파버리고 싶었다. 그게 가능한 일이었다면, 쉬운 일이었다면, 그 새벽에 나는 진짜 그렇게 했을지도 모른다. 나는 방금 나온 아이의 방 쪽으로 고개를 돌렸다. 아이의 방에서는 아무 소리도 들리지 않았다. 그 조용함에 나는 더 서러워서 꺽꺽 소리를 내며 어깨를 들썩이며 울었다. 내 울음소리에 아이가 나와서 사과했다면 화가 덜 났을까? 서러움이 덜했을까? 사실 아이와 대화하려 했던 한 시간 동안 울고불고 소리를 지른 건 나였지, 아이가 아니었다.

아이가 내 신경을 건드린 건 게임을 해서가 아니라, 새벽 2시가 넘어서까지 잠을 자지 않았기 때문이다. 시험 기간이 아니면

12시, 늦어도 12시 30분에는 자기로 한 약속은 이미 아이의 기억에서 희미해진 상태다. 반면 나는 매일 그 시간이 되면 아이가 잘 준비를 하는지 신경이 곤두섰다. 학원에서 늦게 오는 날에는 단 10분이라도 절약해주려는 마음에 잠옷도 준비해 욕실 앞에 놓아두고, 헤어드라이어를 옆구리에 끼고서 아이가 샤워를 마치길 기다렸다.

욕실에 들어간 지 벌써 30분째. 욕실 안에서는 이 늦은 밤에는 어울리지 않는 다소 현란한 일본 가요와 물소리가 들린다. 그리고 간간이 아이의 흥얼거림이 들린다. 무슨 내용인지는 알고 따라 부르는 건지 궁금하다. 욕실에서 나오자마자 잠옷을 입히고 머리를 말려준다. 그리고 잘 마음이 전혀 없는 아이에게 자라고 재촉해서 아이가 침대에 누우면 불까지 꺼주고 나온다. 그제야 마음 편하게 잠자리에 들 수 있다. 오늘 할 일을 끝낸 것 같은 마음이 든다.

여기까지 읽으면 내가 병적으로 아이에게 집착하는 엄마처럼 보일 것이다. 어느 면에서는 맞는 말이다. 나는 아이의 잠에 병적으로 집착한다. 아이가 잠든 모습을 봐야 나도 편하게 잠을 잘 수 있다. 새벽 2~3시까지 게임하는 모습을 본 후, 자는 척하다가 몰래 게임하는 아이를 본 후, 학교 수업 중에 엎어져 잔다는 이야기를 들은 후, 나는 아이를 일찍 재우기 위해 더 호들갑을 떨기 시작했다.

언제부터 그랬는지 생각해보니, 한참 거슬러 올라가 아이가 100일쯤 됐을 때부터였다. 아이의 잠투정이 심해서 아이를 업은 채로 소파에 엎드려 잠을 자야 했고, 새벽에도 여러 번 깨는 아이 때문에 언제나 수면 부족이던 그때부터였는지도 모른다. 아이가 잠들어야 비로소 나도 쉴 수 있었다. 평상시에도 예쁘지만 잠든 모습이 가장 예쁘다는 말은 참으로 맞는 말이다.

내가 초보 엄마라서 그랬는지도 모른다. 아이가 잠들어야 비로소 집안일도 하고, 머리도 감고, 밥도 편히 먹을 수 있었다. 아이가 깨어 있는 시간은 오롯이 아이에게 집중해야 했다. 젖 먹이고 이유식 먹이고 기저귀 갈고 업어주고 안아주고, 아이가 깨어 있을 땐 잠시도 눈을 뗄 수 없었다. 그때부터였을까? 아이의 잠에 신경을 곤두세우게 된 것이.

하지만 이날 새벽, 내가 오열까지 했던 건 아이가 나를 속이고 새벽까지 게임을 해서도, 잠을 늦게 자서도 아니었다. 아이가 내가 묻는 말에는 한마디도 하지 않고 나를 째려보기만 했기 때문이다.

"왜 이 시간까지 게임을 하고 있니? 이렇게 몰래 게임을 하니까 재미있어? 너 벌써 고 2야, 고 2. 다른 애들은 이 시간까지 공부할 텐데, 너는 게임이 하고 싶니? (한숨) 그리고 내가 너한테 공부를 하라고 하든? 그저 잠을 충분히 자라고 얘기하는 거잖아. 너도 알잖아? 잠 못 자면 학교에 가서 조는 건 너무 당연한 거고. (한숨) 공부는 포기한 거야? 그런 거야? 그럼 학원은 왜 계속 다니는 건데? 그냥 게임이나 하면서 살면 되잖아? 학원비 아껴서 나중에 너 독립할 때 목돈 만들어줄 테니까! 공부한다고 말을 말든가. 이렇게 몰래 숨어서 게임이나 하고 있으니. (한숨)"

이런 이야기들을 하다가 나는 감정이 복받쳤고 기어이 참았던 울음이 터졌다. 그런데 얼마 전까지만 해도 내가 울면 따라 울던 딸아이가 그날은 감정의 동요가 없었다. 그저 울고불고하는 나를 눈에 힘을 빡 주고 쳐다볼 뿐이었다.

그 순간, 나는 마음이 싸늘하게 식었다. 아이는 내 말을 듣고 있지 않다. 그렇다면 내가 이러는 것이 아무 소용이 없다.

"하고 싶은 말 없어? 진짜 학원 끊고 그냥 집에서 지낼래?"

"아니."

"아니? 그럼 어쩌겠다는 거야? 지금처럼 난 일이나 해서 네 학원비나 벌고, 넌 이렇게 엄마 몰래 게임이나 하겠다는 거야? 그런 거야?"

"……."

"그만하자. 넌 아무 할 말이 없고, 나는 이렇게 네 앞에서 미친 년처럼 울고. 그냥 자라."

"……."

방문을 닫고 나오면서 나는 그동안 못 느꼈던 감정을 느꼈다. 어떤 감정인지 표현할 수는 없지만, 가슴이 답답해지고 미어졌다. 가슴 저 깊은 곳에서 뜨거운 불이 타는 듯한 느낌이었다. 아이가 내게 마음의 문을 닫은 것이 아닐까 하는 두려움과 그동안의 노력이 한순간에 무너진 것 같은 절망감이 뒤섞인 감정이었다. 분명 아이가 잘못했는데도 아이를 혼내고 나면 내가 뭔가 크게 잘못한 것처럼 마음이 무거웠다. 내가 듣고 싶은 말은 단 한 마디였다. "잘못했어요. 다시는 안 그럴게요." 이 말이 그렇게도 어려울까?

소파에 앉아 잘못을 인정하지 않는 아이가 야속해서 울다가, 문득 다른 생각이 들었다. '왜 넌 그렇게 조용하니? 나는 이렇게 가슴이 터질 것처럼 시끄러운데. 차라리 그냥 내버려두라고 소리라도 지르지. 아니면 그냥 속 시원하게 울든가. 넌 왜 아무 말도 하지 않니? 왜 그냥 참고만 있니?'

그제야 아이의 침묵이 다르게 다가왔다. 내가 아이가 잘못한 것보다 더 심하게 아이를 몰아붙인 것은 아닐까? 누구든 그렇게 몰아붙이면 입을 다물어버리지 않을까? 아이를 다그칠 때는 친구 같은 엄마가 아니라 독기가 가득한 악당이 아니었을까? 아이는 미친 사람처럼 흥분한 엄마를 보고 얼마나 실망했을까?

그렇게 나는 이런저런 생각으로, 또 익숙한 자학으로 새벽을 보냈다.

며칠 동안, 우리는 서로 마음이 풀어지지 않아 아이는 아이대로 나를 피하고, 나는 나대로 아이를 피했다. 그 일이 있은 지 사흘째 되는 날 저녁, 아이는 밥을 먹으며 아무렇지도 않게 내게 말을 붙였다.

"엄마, 그땐 미안해. 그날 너무 잠이 안 와서 잠깐만 게임하려고 켰는데 엄마가 딱 들어온 거야. 나도 얼마나 놀랐는지 몰라. 엄마가 뭐라는데, 내가 무슨 말을 해. 그냥 입 다물고 있어야지. 근데 엄마가 거실에서 너무 서글프게 울어서 나도 마음이 좀 그렇더라."

예상치도 못한 순간에 아이가 미안하다고 하니 나는 순간 마음이 먹먹해졌다.

"미안하긴 뭐가 미안해. 새벽에 게임도 할 수 있는 거지. 근데 그렇게 생각하면서도 막상 새벽에 그러고 있는 걸 보니까 화가 났어. 엄마도 야밤에 소리 질러서 미안해. 그동안 엄마가 너무 시간 맞춰서 자라고 했지? 이제는 네가 알아서 자. 신경 안 쓸게."

말은 이렇게 했지만, 아직 내 마음은 덜 아물었는지 어찌해볼 틈도 없이 식탁 위에 눈물이 뚝뚝 떨어졌다.

"또 울어?"

"……."

이번에는 내가 할 말이 없었다.

이렇게 훈훈하게 마무리되어 "엄마와 딸은 잘 지냈답니다!" 하고 끝나면 얼마나 좋을까? 그러나 그런 동화 같은 일은 현실에서는 없다. 이렇게 눈물겹게 화해하고도 아이는 그 후로도 공부하는 시간보다 게임하는 시간이 길었고, 나는 계속 일찍 자라고 아이를 들볶았다.

신발 매타작

근무지를 옮기고 한참 지난 어느 날, 전 직장에서 친하게 지내던 동료에게서 전화가 왔다. 안부 인사를 시작으로 긴 수다가 이어졌다. 통화의 마지막에 "요즘에는 현관문에 신발 안 던지세요?"라고 묻는 바람에 둘 다 웃고 말았다. 그러고 보니 현관문에 신발을 던지는 이상한 짓을 안 한 지가 좀 됐다.

아이가 중학생이 되어 사춘기가 시작되고부터 나는 아침마다 아이의 비위를 맞추느라 진땀을 뺐다. 그러다 보면 스트레스가 극에 달하는 날이 있다. 그런 날에는 나도 감정 조절이 어려웠다. 그럴 때는 스트레스를 풀기 위해 현관문에 신발을 던졌다.

방금 아이가 부서져라 세게 닫고 간 현관문을 째려본다. 그리고 현관문에 신발을 집어 던진다. 운동화, 구두, 슬리퍼, 손에 집히는 대로 신발을 던진다. 신발은 현관문에 맞고 이리저리 뒹군다. 그래도 분이 안 풀린다. 이번에는 더 세게 던진다. 죄 없는 신발만 매타작당했다. 그렇게 나는 남편이 출근하고 아이가 등교하면, 끓어오르는 스트레스를 현관문에 신발을 세게 던지는 것으로 풀었다.

몇 번을 던져도 신발은 멀쩡했고, 널브러진 신발을 다시 정리하면 그 누구도 이 아침, 내가 미친 사람처럼 현관문에 신발을 던졌다는 것을 알 수가 없으니, 스트레스를 풀기에는 이만한 방법이 없었다.

하지만 흩어진 신발들을 정리하다 보면 화나고 억울하고 원통했던 아까의 감정은 옅어지고 먼지 날리는 신발과 사투를 벌인 내가 미련하고 딱해 보인다. 그때 내 마음은 드라마에 나오는, 성질 고약한 회장의 비위를 맞추다가 갑자기 자신의 처지가 처량해진 비서의 뒷모습을 봤을 때와 같다. 드라마에 나오는 비서와 다른 점이라면 나는 사춘기 아이의 비위를 맞추고 있다는 것이다.

그렇다면 궁금할 것이다. 아이의 어떤 말과 행동이 나를 그렇게 힘들게 했는지, 아이가 어떤 문제가 있었는지, 왜 아침마다 내가 아이의 비위를 맞춰야 했는지.

나는 분명 아이 때문에 스트레스를 받았는데, 다른 사람들에게 설명하면 이상하게도 아이는 아무런 문제가 없다고 말한다. 아이는 아침에 깨우면 짜증을 낸다.(아침에 깨우면 그 누구나 짜증이 난다.) 너무 느리게 움직인다. 아이의 행동만 봐서는 지각할 것 같다.(아이가 지각해도 괜찮다고 생각하는 것이니 문제가 아니다. 그리고 실제 지각을 한 적이 없다.) 엄마가 등교 준비를 도와주는데 짜증을 낸다. (왜 중학생 아이의 등교 준비를 엄마가 도와주는가? 이건 엄마의 문제다.)

겨우 몇 년 지났다고, 그때 왜 그렇게 힘들어했는지도 잘 기억이 안 난다. 그 당시에 아이의 행동이 아니라 내가 아이에게 하는 행동이 문제라는 얘기를 많이 들었다. 엄마가 나서서 아이를 도와주려고 해서 생기는 문제라는 것이었다. 아이가 도와달라는 얘기도 안 했는데 엄마가 나서서 도와주고는 아이가 고마워하지 않는다고 혼자 스트레스를 받으니, 오히려 아이가 내 행동으로 스트레스를 받았을 수도 있었다.

나는 아이만 깨우고 내버려두면 아이가 알아서 아침 시간을 활용했을 수도 있다. 나보다 연배인 주변의 사람들도 다 비슷한 경험이 있었다. 그녀들이 내게 해준 조언은 한결같았다. 등교 준비하는 시간에 아이를 보지 말고 집안일을 하라는 것이다. 아이를 보면 아이의 행동에 간섭하게 되고, 바쁜 시간이니 차라리 내가 해주고 말지, 하는 마음이 든다고.

이런 조언을 들으면 너무 쉽고 간단해서 헛웃음이 난다. 우선 아이의 문제라고 생각했던 것이 문제가 아니라는 사실에 안도했다. 그리고 나만 노력하면 당장 내일이라도 평화로운 아침을 맞을 수 있었다. 아이는 자기 속도대로 등교 준비를 하고, 나는 내 할 일을 하면 된다. 할 수 있을 것 같았다.

하지만 집이 넓디넓은 것도 아니고 등교 준비하는 아이가 안 보이는 곳에 있으려면 꼼짝없이 안방에 박혀 있어야 하는데, 이것도 못 할 짓이었다. 그래서 나는 정면 돌파를 하기로 했다. 아이가 학원을 마치고 간식을 먹는 시간, 아이의 앞에 앉았다. 아이는 핸드폰을 들여다보면서도 엄마가 평소답지 않게 자신의 눈치를 살핀다는 것을 알아챘다. 핸드폰에서 눈을 떼고 나를 쳐다보았다.

"왜요? 무슨 할 말 있어요?"

"내일 아침부터 엄마가 네 교복만 준비해두고 엄마 할 일을 해야 할 것 같은데……."

"알았어요."

"두 번만 깨우고 안 깨울 거야. 셔틀버스 시간 안 늦게 준비하고, 나갈 때 대충이라도 방 정리하고……."

"알았어요."

"어……."

아이의 단답형에 나는 진심으로 당황했다. 내가 이런 말을 하면 아이가 짜증을 낼 것으로 생각했는데 이렇게 말로 하면 되는 일이었다니, 이렇게 순순히 알겠다고 하다니.

그제야 알았다. 그동안 내가 아이의 짜증을 받아가며 아침 등교 준비를 해준 것이 스스로 나를 힘들게 한 셈이었다. 게다가 아이가 스스로 할 기회를 뺏는 어리석은 행동이었다.

억제하지 못할 때면
나는
네 신발을 집어주고
네 배낭을 져 나르고
네 교통 위반 벌금을 납부하고
네 상사에게 거짓말로 핑계 대고
네 숙제를 해주고
네 앞길에서 돌멩이를 치우고
"내가 직접 했어!" 하고
말하는 기쁨을 네게서 뺏겠지.

30년 연속 스테디셀러로, 세상 모든 부모를 위한 심리 에세이이자 치료제인 앤절린 밀러의 《나는 내가 좋은 엄마인 줄 알았습니다》[1]의 한 구절이다. 이 글을 읽는 순간, 나는 그 자리에 얼어붙었다. 그랬다, 내가 그랬다. 나는 내가 좋은 엄마인 줄 알았고, 아이를 위한답시고 아이가 할 일을 미리 나서서 해버렸다.

앤절린 밀러는 자식, 부모, 친구, 가족이 사랑이라는 이름으로 도와주고 배려하고 희생하는 사랑에는 어둠과 슬픔이 따르며, 잘못된 사랑은 되레 사랑하는 사람들을 위험에 빠뜨린다고 했다. 이미 충분히 혼자 할 수 있는 아이를 나는 도와준다는 명목으로 아이의 기쁨을 뺏는 줄은 모르고 아이를 위해 뭔가를 했다며 위안받았는지도 모른다. 나는 밀러의 책의 부제처럼, 아이를 사랑한다면서 망치는 어리석은 사람이었다.

사춘기 아이로 마음고생하며 매일 울음을 삼켜야 했을 때는 아이가 너무 미웠다. 아이가 학교에 가면 아이 방을 청소하면서 혼자 불평했고, 아무렇게나 벗어놓은 옷들을 정리하면서 또 불평했고, 어질러진 책상을 정리하면서 또 불평했다. 그러나 내가 아이를 위해 해주었던 모든 일을 아이는 원하지 않았다. 아이가 나중에 방 청소를 하거나 옷을 정리하거나 책상을 치우도록 내버려두었어야 했다. 그런데 내가 아이가 알아서 하기 전에 먼저 하면서 혼자 불평불만을 쏟아내며 아이를 미워했던 것이다. 나도 청소를 미루고, 빨래를 미루고, 설거지를 미루면서, 지금 당장 해야 할 일도 뭉그적거리면서, 왜 아이의 그런 행동은 용납 못

한 것인지 생각하고 고민해야 했다. 그것은 아이가 문제가 아니었다. 엄마인 내가 서두르고 조바심 내고 앞서가고 신중하지 못한 것이 문제였다. 내 행동이 모두 아이를 위한 것이라고 착각했기 때문이다.

이제 진실을 알았다면 한 걸음 나갈 수 있다. 어제와 다른 오늘을 만들 수 있다. 더 이상 나는 신발을 집어 던지지 않는다. 아이에게 과한 도움을 주던 어리석은 엄마도 아니다. 이것만으로도 조금 나은 엄마가 되었다고 생각한다. 엄마는 아이의 사춘기 덕분에 진짜 엄마로 조금씩 성장하고 있다.

태어난 김에

"태어난 김에 산다"는 말을 처음 들은 것은 〈나 혼자 산다〉의 출연자인 기안84를 통해서였다. 기안84에게 "태어난 김에 사는 남자"라고 자막이 달렸는데, 기안84가 직접 한 말인지 확실하지는 않다. 중요한 건 태어난 김에 산다는 말이 내게는 무척 신선하면서도 충격으로 다가왔다는 것이다.

기안84의 어리숙한 말투와 순수한 일상은 많은 사람을 그의 팬으로 만들었다. 나도 그가 좋았다. 특히 엉뚱하면서도 매사 진지한 모습이 좋았다. 그는 인생을 아주 열심히 사는 사람이었고, 인기 웹툰 작가인데도 겸손했다. 그리고 밝은 모습 말고도 외롭고 쓸쓸한 모습까지 숨기지 않고 보여줘서 좋았다. 그러니 "태어난 김에 사는 남자"라는 말은 너무나 찰떡같은 표현이었다. 그리고 얼마 뒤, 나는 아이와 대화하다가 "태어난 김에 잘살아보자"라는 말에 삶의 진리가 숨어 있다는 것을 깨달았다.

아이의 사춘기가 절정일 때, 아이의 스트레스는 불안함으로 나타났다. 학교에서 정기적으로 하는 심리 검사에서 아이의 불안 지수가 높다는 결과가 나왔다. 형식적인 검사이고 아이도 진지하게 체크하지 않았을 것으로 생각하고는 나는 대수롭지 않게 넘겼는데, 아이와 성향이 비슷한 남편은 심리 검사 결과지를 한참 들여다보고는 걱정스러운 표정으로 말했다.

"불안 지수가 너무 높은데, 심리 치료라도 받아야 하는 거 아닐까?"

"그 나이 때는 다들 불안하잖아. 학교에 다니는 것만으로도 힘들지, 공부도 힘들고, 교우관계도 그렇고. 그리고 상담받아보자고 하면 좋은 소리 못 들어."

말은 이렇게 했는데, 남편과의 대화 때문인지 아이의 표정을 더 유심히 살피게 되었고 말이나 행동에 변화가 있는지 신경이 쓰였다. 그러다 아이에게 넌지시 심리 상담을 한번 받아보는 것이 어떠냐고 물어봤더니, 예상외로 순순히 그러자고 했다. 솔직히 아이가 화를 내면서 왜 심리 상담을 받아야 하느냐, 괜찮다고 할 줄 알았다. 그런데 흔쾌히 그러자고 하니, 오히려 가슴이 덜

컥 내려앉는 것 같았다.

마침 다니던 요가 학원 건물에 상담하는 곳이 있었다. 상담 선생님은 상담심리학 박사였는데, 아이와 심층적인 대화를 나누겠다며 나보고 먼저 돌아가란다. '무슨 이야기를 할까? 어떤 고민이 있을까? 불안은 낮출 수 있을까?' 집으로 오면서 별별 생각이 다 들었다.

한 시간이 좀 지난 뒤 아이는 집으로 돌아왔다. 아이의 표정엔 별다른 변화는 없었다. 상담은 괜찮았냐고 물으니 그렇다고 했다. 묻고 싶은 건 많았지만, 아이의 단답에 그만 입을 꾹 다물었다. 아이는 일주일에 한 번, 선생님과 상담을 시작했다. 나는 매번 아이가 무슨 이야기를 하는지, 선생님은 무슨 말씀하셨는지 너무 궁금했지만, 일단 선생님이 아이를 파악할 시간이 필요할 것으로 생각하고 한 달을 기다렸다.

드디어 상담 선생님과 마주 앉았다. 나도 심리 상담소는 처음이라 어쩐지 어색하고 불안했다.

"어머니, 아이가 불안 지수가 높아서 상담을 신청하셨죠? 어머님은 왜 그런 것 같다고 생각하세요?"

이 질문에 나는 이제까지의 죄를 전부 고백하고 이런저런 요인들이 아이를 불안하게 만드는 것이 아니었을까 나름의 생각을 얘기했다. 선생님은 조용히 끄덕거리며 알겠다는 듯 미소를 지었다.

"어머니, 이 나이 때 아이들은 대부분 불안 지수가 높아요. 그런데 자녀분은 불안한 것을 감추려고 하니 문제가 되는 거예요. 괜찮은 척하는 게 좋은 게 아니거든요. 불안 지수는 높은데 이걸 해결 못 하면 자기 안에 또 다른 자아를 만들어요. 흠, 그럼 가정의 분위기는 어떤가요?"

이미 나는 선생님의 첫 질문을 듣는 순간, 마음이 무너져 있었다. 눈가는 이미 뜨끈해졌고, 목구멍까지 뭔가가 올라왔다.

"가정의 분위기는요, 저도 남편도 항상 아이들 생각뿐이에요. 그래도 아이에게 알게 모르게 상처 주는 말도 하고 행동도 하고 그랬을 거예요. 아이를 위해서라면 죽을 수도 있다고 생각하지만, 일상에서 사소한 것들로 아이를 혼내고 주눅 들게 하고 그랬어요."

무릎 위에 올려놓은 천 가방에 눈물이 뚝뚝 떨어지며 얼룩을 만들고 있었다. 선생님은 말없이 휴지를 건네주었다. 나는 꺽꺽 소리를 내며 한참 울었다. 선생님은 아이와 상담을 해보면 대부분은 부모 상담이 더 시급한 경우가 많다고 했다. 아이의 문제는 곧 부모의 문제인 경우가 많다는 말이다. 아이의 불안 지수가 높은 것은 유전적인 요인도 있지만 가정환경이나 부모의 성격이 더 큰 영향을 미친다.

상담 선생님과 이야기를 나누고 집으로 가면서도 울고, 집에 가서도 한참을 더 울었다. 가장 큰 감정은 미안함이었다. 아이를 키우며 제일 많이 느끼는 감정, 미안함. 아이가 그동안 나를 힘들게 한 건 모래 알갱이처럼 작고 사소하게 느껴지고, 그나마도 헬륨가스처럼 날아갔다. 대신 아이 때문에 힘들어했던 내 마음만 영업이 끝나 문 닫힌 가게 앞 바람 빠진 풍선처럼 널브러졌다. 내가 뭘 잘못했는지는 몰라도, 아이가 힘들다고 하니 반성하고 반성했다.

퇴근한 남편을 붙들고 또 한참을 울었다. 상담 선생님이 해준 말을 남편에게 하며 우리는 죄지은 사람처럼 축 처져 고개를 숙였다. 지금까지 노력했지만, 지금부터 더 노력하자고 다짐했다.

아이는 5개월 정도 더 상담을 받았다. 아이에게 상담을 계속할지, 그만할지 물었더니 이제 안 해도 된다고, 많이 위로받았다고 했다. 선생님은 거의 듣기만 하고 아이가 주로 말했단다. 선생님이 들어만 주어도 좋았다고.

부모는 언제나 아이의 이야기를 들을 준비가 되어 있다. 나도 그랬다. 아이가 속상한 이야기나 친구 흉이나 성적에 대한 고민을 얘기하면 비판 없이 들을 준비가 되었다고 생각했다. 그런데 막상 아이가 그런 말을 하자, 중요한 내용은 하나도 안 들리고 거친 표현과 욕설에 신경이 쏠려서 잔소리하기 바빴다. 물론 상담 선생님에게는 공손하게 말했을 것이다. 아이도 누울 자리를 보고 다리를 뻗을 테니 말이다. 아이가 부모를 무시해서 일부러 말을 험하게 하는 것이 아니다. 편하니까 친구한테 하듯 말이 툭툭 튀어나오는 것이다. 이렇게 잘 알면서 그동안 왜 사춘기 아이와 잘 지내지 못했냐고 묻고 싶을 것이다. 나도 그게 궁금하다. 수많은 책을 읽고 강의를 보고도 왜 사춘기 아이가 버겁기만 한지, 이론은 빠삭한데 실천은 왜 이렇게 힘든지, 나도 잘 모르겠다.

태어난 김에 산다. 아이에게 이 말을 듣고 여러 날 고민했다. 아이가 이 말을 했을 때는 방송으로 봤을 때와는 마음이 달랐다. 심장이 내려앉는 것만 같았다. 불안 지수가 높고 우울 지수가 높은 아이가 이런 말을 하니, 어쩐지 방송에서 볼 때처럼 마냥 웃을 수가 없었다. 며칠 동안 이 말이 머릿속에 박혀 있었다. 긍정적인 말인가, 부정적인 말인가, 고민하면서. 그런데 여전히 잘 모르겠다. 이럴 때는 아이에게 단도직입적으로 물어보는 게 제일 좋다.

"엄마가 네 얘기를 듣고 고민해봤는데, 태어난 김에 산다는 말이 좋은 의미인지, 나쁜 의미인지 잘 모르겠어."

"태어나는 건 내 의지가 아니었지만, 사는 건 내가 생각한 대로 살 수 있잖아! 태어난 김에 잘 살건 못 살건 살아보자, 뭐 그런 뜻이야!"

아이의 말을 듣고 그제야 웃을 수 있었다. 태어난 김에 산다는 말은 그래도 살아보겠다는 의미가 아닌가! 뭐가 됐든 살아가겠다는 의지 표명이 아닌가! 생각해보면 기안84뿐 아니라 사람은 누구나 태어난 김에 살고 있지 않은가! 나는 오늘도 마음속으로 외친다. 이왕 태어났으니 잘 살아보자고.

엄마, 나 왜 낳았어?

"엄마, 나 왜 낳았어? 나한테 물어보지도 않고."

아이의 사춘기가 절정으로 치달은 어느 저녁, 아이가 공부하다 말고 소파에 앉아 책을 읽고 있는 내게 물었다. 싸우자고 하는 질문이 아니었다. 진지한 아이의 눈빛이 심상치 않았다.

"뭐라고?"

나는 이 무슨 황당한 질문인가 싶었다.

"나한테 물어보지 않았잖아, 이 세상에 나오고 싶냐고."

"또 뭘 본 거야? 갑자기 황당한 질문을 하고. 너한테 왜 안 물어봤냐고? 글쎄, 그때 내가 너한테 뭘 물어보거나 허락받을 수 있는 상태가 아니었던 것 같은데."

우문에 우답이었다.

“결과적으로 말해서 아빠랑 엄마가 내 허락도 없이 나를 이 세상에 태어나게 한 게 맞잖아!”

“그걸 말이라고 하니?”

“그래도 궁금하니까 물어보잖아.”

“질문이 질문 같아야 답을 하지, 그게 무슨 질문이야? 넌 세포였어. 세포에 동의를 구했다는 과학자를 엄마는 아직 들어보지도 못했다. 엄마가 세포였던 너한테 어떻게 동의를 구하거나 허락을 받냐고!”

내 반응을 보아하니 더 이상의 대화는 불가능하겠다고 생각했는지, 아이는 입을 삐죽거리며 조용히 뒷걸음쳐 방으로 들어갔다. 나는 아이가 일부러 내 성질을 긁으려고 이상한 질문을 던진 것 같아 은근히 부아가 났다. 여기서 이 황당한 질문과 대답은 마무리되었다고 생각했지만, 한편으로는 아이의 질문에 제대로 대답하지 못한 것 같아 내내 찜찜했다.

그즈음 내 눈길을 잡아끈 뉴스가 있었다. 인도의 한 남성이 자신을 낳았다는 이유로 부모를 고소하려 한다는 내용이었다. 뉴스 일부분을 옮겨보겠다.

그는 5살 때부터 이런 생각을 가졌다고 한다. 부모님도 "나를 왜 낳았냐?"라고 묻는 아들의 질문을 꽤 진지하게 받아들였다고. 이 때문에 고소 계획과는 별개로 사무엘은 부모와 원만한 사이를 유지하고 있는 것으로 알려졌다. 어머니 카비타는 "변호사로 일하는 부모를 법정에 세우려는 아들의 무모함에 감탄했다"라며 유쾌한 반응을 보였다. 그는 "아들이 우리가 어떻게 출생 동의를 구할 수 있는지 합리적인 설명을 할 수 있다면 내 잘못을 인정하겠다"라고 말했다.[2)]

이 남성의 부모는 변호사였다. 사는 게 고통이니 평생 자신의 생활비를 책임지라는 소송을 했다는 남성이 부모에게 출생 동의를 어떻게 할 수 있었는지 합리적으로 설명했는지는 알 수 없다.

이 뉴스 링크를 딸아이에게 보내주었다. 인도에 너처럼 부모 속 썩이는 남자가 있더라, 하면서.

하지만 이 대답은 딸아이의 질문을 듣고 내가 느낀 답답함, 억울함, 배신감을 해결하기엔 한참 부족했다. 주변 사람들에게도 도움을 구했지만, 이 질문에 대해 명쾌하면서도 반박 불가한 대답을 찾지 못했다. 또 며칠을 끙끙 앓으며 지냈다.

그러던 어느 날, 꿈을 꾸었다. 여전히 딸아이의 질문에 대한 답을 고민하고 있어서 그런지 꿈자리가 어지러울 때였는데, 그날 꿈은 조금 달랐다. 꿈속에서 나는 수억 마리의 정자 중에 하나였는데, 난자로 돌진하던 중 갑자기 현타가 왔다. "앗! 내가 왜?" 그리고 잠이 깼다. 깜깜한 새벽, 침대에 앉아 눈을 끔뻑끔뻑하다가 나는 딸아이의 질문에 대한 놀라운 답을 찾았다.

아르키메데스가 "유레카!"라고 외쳤던 기분을 알 것 같았다.

아침에 일어난 아이를 붙들고 전에 네가 한 질문에 답을 하겠다고 했더니, 무슨 질문이냐며 되물었다.

"왜 네 동의 없이 너를 낳았느냐고 했잖아! 너를 왜 낳았느냐고? 엄마가 그 질문에 대한 답을 찾았어."

나는 흥분해서 눈도 제대로 못 뜬 아이를 붙들고 얘기했다.

"아~ 그 얘기. 근데 나 학교 가야 해. 저녁에 얘기해줘."

"어! 지금 당장 얘기해주고 싶은데."

아이는 심드렁한 표정으로 휙 하니 학교에 가버렸다. 나는 별 이상한 꿈도 다 꾼다며 혼자 피식 웃었다. 그리고 저녁에 아이의 밥상을 차려주고 맞은편에 앉았다.

"네가 그 질문을 했을 때는 처음에는 황당하고 나중에는 슬펐어. 근데 그 질문이 이상하다는 생각은 안 했어. 엄마도 어릴 때 할머니한테 여러 번 물어봤거든."

"진짜? 할머니가 뭐라고 하셨어?"

"사실 마음속으로만 했던 질문이야. 말로는 단 한 번도 못 꺼내봤지."

"아~ 난 또 진짜 그런 말을 했다는 줄."

"여러 날, 여러 밤 생각하다가 답을 찾았어. 엄마는 너의 동의를 구할 필요가 없었어. 네가 엄마한테 찾아온 거야. 너는 1등이었잖아. 지금은 달리기도 못하는 네가, 그런 네가 엄마한테 오려고 수억 개의 다른 정자들을 제치고, 엄청난 경쟁을 뚫고, 네가 엄마한테 오려고 1등 했잖아."

"아, 맞네. 엄마 말이 맞네. 내가 엄마한테 왔네. 내 평생 처음이자 마지막 1등."

그러더니 아이는 생각이 많아진 얼굴로 조용히 밥을 먹었다.

그리고 아이는 다시는 그 질문을 하지 않았다. 나중에 물어보니, 내 말이 너무 명쾌하고 무책임해서 반박할 수가 없었단다. 엄마의 말을 단박에 알아들은 걸 보니, 자기가 생물 시간에 공부를 참 열심히 한 모양이라며.

우리가 왜 이 세상에 왔는지는 아무도 알 수 없다. 다만, 우리는 모두 불가능에 가까운 확률을 뚫고 우주의 힘을 다 끌어모아 1등을 했다.

그래서 이 세상에 왔다. 그렇게 아이는 부모에게 온 것이다.

두드리면
열릴 것이다

"그리고 두 사람은 엄마 아빠를 쏙 닮은 예쁘고 잘생긴 아이들을 낳고 행복하게 잘 살았답니다" 하고 끝맺는 해피엔드는 실제 인생에는 없다. 아무리 왕자와 공주라도 결혼 생활이 쉽지는 않았을 것이다. 어찌 들으면 저주 같겠지만 사실이 그런 걸 어쩌랴. 특히, 아이를 낳아 기르는 일은 시작만 있고 끝은 없다. 끝이 없는 동화란 이미 동화가 아니다. 이런 상상을 하니 어쩐지 동화 속 어여쁜 주인공들의 육아에 찌든 얼굴과 아이들의 장난감으로 엉망진창 어질러진 왕궁이 그려진다. 아무리 동화라고 해도 육아는 쉽지 않을 테니까. 이럴 때 장기하의 노래 〈부럽지가 않어〉가 듣고 싶다. 나만 힘든 것이 아니라고 생각하니 씁쓸하기도 하지만, 조금은 위로가 된다.

육아를 하다가 이게 맞나 싶을 때는 주변 사람들에게 도움을 구하기도 하지만 전문가들이 쓴 책을 찾아보기도 한다. 서점에 가본다. 서점 중앙 노른자위 가판대를 가득 채운 자기계발서들은 한결같다. 제목에 따르면 이 세상 모든 것을 다 가질 수 있고 모든 능력을 다 얻을 수 있을 것 같다. 책 한 권만 읽으면 적은 돈으로도 땅이나 건물을 살 수 있고 나중에는 큰 이득을 얻는 부자가 될 수 있을 것 같다. 무릎에서 사서 어깨에서 팔라는 조언으로도 주식 전문가가 될 수 있다거나, 혹시라도 길을 물어볼까 봐 외국인만 보면 눈을 내리깔거나 외국인의 눈에 띄어 "익스큐즈 미?" 하고 말이라도 걸면 자신 있게 "아이 캔트 스피크 잉글리시 베리 웰"이라며 능숙한 영어 실력으로 영어를 잘하지 못한다고 고백하던 사람도 책 한 권만 읽으면 영어 달인이 될 수 있다거나, 여태 방법을 몰라서 영어를 못 배웠다고 생각했는지 '나도 했으니 너도 할 수 있어!'라며 자신감을 불어넣어주는 책도 있다. 또 어떤 학습 책은 나는 엄청난 역경을 뚫고 이만큼 성공했다, 그런데 너는 나만큼 큰 역경도 장애도 없으니 조금만 더 열심히 하면 할 수 있다며 광고하기도 한다.

육아 전문가도 될 수 있다는 제목에 속아 이런저런 책을 구매해서 읽는다. 제목만 다를 뿐 책들은 모두 비슷한 내용을 담고 있다. 아이들은 아무 잘못이 없다. 부모가 무지해서 아이를 잘못 키우고 있다. 아이들은 엄마와 아빠의 사랑으로 마음을 연다. 아이가 무슨 짓을 해도 언제나 참고 인내하라. 그러면 반드시 아이들은 좋은 모습을 보여준다. 또 어떤 책은 과정은 생략하고 아이들이 이렇게 좋은 대학에 입학하고 취업에 성공했다는 이야기를 늘어놓아 보기 불편한 정도를 넘어 화가 났다. 솔직하게 자랑하고 싶었다고 말하면 되는데, 왜 다른 집도 다 자신처럼 될 수 있다고 확신하는지 이해할 수가 없었다.

뻔한 내용의 육아 서적에 지치고도 마음이 답답해서 죽을 것 같으면 다시금 서점이나 도서관에 가서 어떻게 하면 아이의 마음을 알 수 있는지, 평화롭고 현명하게 사춘기를 지날 수 있는지 찾곤 한다. 사춘기를 잘 지내는 방법 1순위는 단연 '아이와 대화하라'다. 나도 아이와 대화하고 싶다. 그런데 거친 욕이 툭툭 튀어나오고 뜻 모를 신조어를 써가며 이야기하는 아이와 대화를 이어가는 것은 길거리에서 외국인과 마주치는 일보다 더 곤혹스럽다.

그런데도 엄마는 사춘기 아이와 대화를 시도해야 한다. 그래서 외국어를 배운다는 심정으로 요즘 아이들의 신조어를 공부해야겠다고 마음먹었다. 아이들이 쓰는 욕은 건너뛰고 많이 쓰이는 신조어를 공부하기로 했다.

요즘 아이들이 하는 말 중에 제일 기분 나쁘면서도 신박하다고 생각했던 말이 "응~ 니 얼굴"이다. 이 말은 "네 똥 굵다!" 혹은 "반사"와 비슷한 의미라고 해석했다. "너는 왜 방 청소를 이렇게 안 하니?"라고 물으면 "응, 니 얼굴"이란다. 긍정인지 부정인지 몰라서 고개를 갸웃하고 돌아선다. 근데 뭐지? 당한 것 같은 이 느낌은.

갓생이라는 말을 처음 들은 건 아이가 과학 학원 선생님의 이야기를 하면서였다. "울 과학 선생님은 완전 갓생이야!" 아이의 과학 선생님은 50대 중반의 대기업 고위 임원이라고 했다. 과학을 좋아하고 아이들 가르치는 것도 좋아해서 주말에 학원에서 강의하는데, 선생님이 친절하시고 열심히 가르쳐주셔서 자기도 수업 시간에는 열심히 듣는다고 했다. 선생님이 열심히 가르쳐 주시니 성적이 잘 나왔으면 좋겠다고. 열심히 학원비 벌어다 주는 착한 엄마, 아빠를 위해서가 아니라 갓생을 사는 선생님 때문에 성적이 잘 나왔으면 좋겠다는 말을 들었을 때는 순간 '뭐지? 이 찝찝한 기분은' 싶었지만, 이유가 뭐가 됐든 아이가 공부를 열심히 하고 싶은 마음이 드는 게 어디인가 싶어 갓생을 살고 계시는 학원 선생님에게 감사했다.

그런데 아이가 전해주는 과학 선생님의 스케줄은 내가 듣기에는 무척 피곤하고 힘들고 고달팠다. 그런 인생을 갓생이라고 한다니, 갓생을 부정적으로 생각해야 하는지 긍정적으로 생각해야 하는지 도통 감이 안 잡혔다. 갓생은 목표 지향적인 루틴을 세워 실천하며 하루를 살아냈을 때 쓰는 표현이다. 처음 갓생이라는 말을 들었을 때는 반어법인가 싶을 정도로 내가 생각하는 갓생은 MZ 세대가 생각하는 갓생과 아주 결이 다르다.

MZ 세대는 하루를 꽉 차게 하루를 보내는 사람들이 이상하면서도 존경스럽다. 그런데 나는 이미 그렇게 바쁜 인생을 살고 있으니 널널하고 여유로운 하루를 보내는 사람들이 부럽고 질투 난다. 내가 생각하는 갓생은 정신적으로든, 육체적으로든, 경제적으로든 여유로운 삶, 해야 할 일보다 하고 싶은 일을 하는 삶이다. MZ 세대는 과정으로 갓생을 판단하고, 나는 결과로 갓생을 판단한다. 이것도 세대 차이라고 할 수 있겠지.

쉽살재빙은 "쉽게만 살아가면 재미없어, 빙고!"의 줄임말이다. 이 말을 들었을 때 어쩐지 아이들이 아니라 30~40대 아줌마, 아저씨들이 쓰는 말이 아닐까 할 정도로 그동안 들어온 신조어 중에 가장 의미가 좋은 말이었는데, 여기에 반전이 있다. 아이들은 이 말을 누군가를 응원하는 좋은 의미로 사용하는 게 아니라 힘든 일을 하는 사람들을 보고 비아냥거리는 데 사용한다는 사실!

저메추? 이건 뭔 말일까? 메추라기? 저기 메주 추녀? 다 아니다. 저녁 메뉴 추천을 줄인 말이다. 오저치고!(오늘 저녁 치킨 고!)를 외치는 날은 그나마 고민 없이 아이들이 먹고 싶은 치킨을 시켜준다. 이 말을 엄마가 한번에 알아듣는 게 포인트라고 할 수 있다.

복세편살, 이 단어는 좀 연식이 있는 줄임말이다. "복잡한 세상 편하게 살자"는 뜻이다. 말은 쉽다. 복잡한 세상을 어떻게 편하게 살라는 것인지, 누구는 몰라서 복잡한 세상을 복잡하게 사는 것인 줄 아느냐고 허공에 대고 주먹질을 해본다.

알잘딱깔센은 "알맞게 잘, 딱, 깔끔하고 센스 있게"의 줄임말이고, 주불은 "주소 불러"의 줄임말이다. 그렇게 수십 개의 신조어를 찾아서 뜻을 알아보니 아이들의 신조어는 대부분 줄임말이 많은데, 내가 신조어라는 것을 인지하고 알아듣기 시작하면 이미 유행이 지나고 또 낯선 단어들이 들린다. 그러면 또 찾아보고 무슨 뜻인지 공부했다.

그렇게 몇 달이 지나자 드디어 아이의 외계어 같은 말이 들리기 시작했다. 여전히 아이의 말은 짧고 거칠지만, 예전보다 내가 알아듣는 말이 많으니 아이가 오히려 "엄마, 그 단어 뜻 알고 있었어?" 하고 물었다. "어, 네 얘기 알아들으려고 신조어 좀 공부했어" 하니 알 수 없는 미소가 번졌다. 그 후 아이는 저녁에 들어온 내게 "엄마, 요즘에는 이런 말이 유행하고 있어"라며 알려주기도 했다.

아! 통했다. 진짜 이 방법이 통했다! 내가 노력하고 있다는 것을 아이가 알았다. 아이와 대화한다는 건 내 이야기를 아이에게 일방적으로 하는 것이 아니라, 아이의 언어에 관심을 가지고 아이 곁으로 다가간다는 의미였다. 나는 오늘도 아이에게 가까이 다가가기 위해 신조어를 배운다. 웅~ 니 얼굴!

사춘기, 너 뭔데?

아이에게 사춘기가 시작되면서 나와 부딪힌 가장 큰 이유는 사소하고 기본적인 생활 습관이 무너졌기 때문이었다. 새벽까지 안 자고, 아침에 일어나기 힘들어하며 짜증을 낸다. 그래도 평일에는 학교에 가야 하니 그 짜증을 꾹꾹 참으며 견디지만, 휴일에는 스스로 일어날 때까지 깨우지 않는다. 학원을 가는 날이 아니면 오전을 훌쩍 넘긴 낮 1시에 깨서 휘적휘적 거실에 모습을 드러낸다. 시험 기간인데도 책상에 앉아 게임을 하거나 침대에 누워 만화책을 본다. 자기 방 청소도 안 하고 옷도 아무렇게나 벗어둔다. 이런 아이를 보고 있으면 화가 부글부글 끓어넘치고, 나도 모르게 욕이 목구멍까지 찬다.

사춘기 아이를 키워보지 않았다면 뭐 이런 사소한 걸로 왜 저렇게 야단하고 아이와 감정 싸움까지 하느냐고 할 수 있다. 나도 아이가 어릴 때는 이런 상황이 닥치리라고는 상상도 안 했다. 사춘기가 오기 전까지 아이는 책을 좋아하고 애교 많은 아이였다. 그래서 엄마와 깊은 대화도 하고 부모를 이해해주는 마음 따뜻한 아이로 클 것으로 생각했다. 하지만 사춘기가 오자 그 아이는 어디로 가고, 부모에게 반항하고 거친 말을 하는 아이가 된 것이다. 그야말로 날벼락을 맞은 것처럼 마음이 무너져 내릴 것 같았다.

아이의 갑작스러운 퇴화 행동으로 속상해서 혼자 울고불고 눈물 바람으로 지지리 궁상을 떨며 지내다 보니 이대로는 더 이상 안 될 것 같아 번쩍 정신이 들었다. 아직도 아이의 반항적이고 무례한 행동과 말에 마음이 와르르 무너지면서 눈물이 나지만, 그렇다고 이렇게 울고 있을 수만은 없었다. 시작이 있으면 끝도 있으리라 생각했다. 고약한 사춘기도 언젠가는 끝날 것이라 믿고 아이를 이해하기 위해 노력해야 한다고 생각했다.

사춘기 아이를 이해하기 위해 제일 처음 한 것은 관련 책을 읽는 것이다. 그것도 아주 많이. 사춘기 아이의 증상은 여태 봐왔으니 기본 이론서나 들으나 마나 한 사춘기에 관한 막연한 책은 되도록 피했다. 대신 사춘기 아이와 한바탕 전쟁을 겪은 엄마들의 이야기나 사춘기를 현명하게 지나는 방법을 구체적으로

제시해주는 청소년 전문가나 상담 전문가의 책을 찾아 읽었다. 아이와 대화하고 싶어서 말을 따뜻하고 다정하게 할 수 있는 노하우를 담은 책들도 읽었다.

동네 도서관에서 사춘기 관련 책을 다 읽고 다른 동네 도서관에 가서 새로운 책이 있는지 찾아볼 정도였다. 이렇게 많은 책을 찾아 읽으면서 깨달은 것은 생각보다 사춘기 관련 책이 별로 없다는 것이다. 시대에 따라 사춘기 아이들의 양상도 변하는데 요즘 사춘기 아이들에 관한 책은 거의 없었다. 제일 읽고 싶었던 책은 실제 사춘기 아이와 지지고 볶는 엄마들의 생생한 이야기였는데, 이런 책은 눈을 씻고 찾아봐도 없었다. '나는 이렇게 사춘기 아이로 힘든데 남의 집 아이들은 생각보다 사춘기가 심하지 않구나' 싶어 책을 읽기 전보다 더 씁쓸하기도 했다.

그나마 사춘기 관련 책은 대부분 텔레비전에서 자주 본 유명한 육아 전문가들이 썼는데, 신기하게도 모두 똑같이 말한다. 사춘기 아이와 잘 지내지 못하는 것은 무조건 부모 탓이며, 부모가 사춘기 아이를 이해하지 못하고 대처를 잘못하기 때문이란다. 책 내용은 모두 훌륭하고 맞지만, 이런 책을 읽으면 모두 다 내 탓 같아서 더 의기소침해지고 움츠러든다. 안 그래도 사춘기 아이로 상처받아 마음이 너덜너덜한데, 이런 책을 읽으면 한 번 더 상처받는다. 그런데도 기댈 수 있는 건 책뿐이었다.

'사춘기'라는 제목이 붙은 유튜브 강의는 모두 찾아서 봤다. 여러 방면의 전문가들이 한 강의를 눈물 콧물 줄줄 흘리며 들었다. 사춘기 아이와 내가 겪은 상황을 말하면 가슴이 뜨끔하고, 부족한 부모의 행동과 말에 상처받았을 아이를 상기시키는 이야기에는 혼자 오열했다. 어떤 강의는 저장해서 마음이 약해질 때 보고 또 봤다. 소아·청소년 정신과 의사, 심리 상담가, 교사, 교수, 목사님, 스님 등, 청소년, 사춘기 아이들에 관한 이야기라면 가리지 않고 챙겨 봤다.

책에서 읽은 내용들과 별반 다르지 않은 강의였지만 책보다 강의가 훨씬 더' 재미있는 이유는 강연자가 사춘기 아이들을 대하는 엄마들의 신경질적인 표정이나 말투를 재연하거나 사춘기 아이들의 속마음을 대신 이야기해줄 때 '우리 집을 언제 들여다 보셨나?' 하고 놀랄 만큼 사실적이고 현실적이기 때문이다. 웃다가 울다가 뜨끔해하다가 반성하다가, 사춘기 아이를 이해하고 사춘기 아이로 마음고생하는 나를 위로했다.

음악도 도움이 되었다. 특히 볼빨간사춘기의 〈나의 사춘기에게〉라는 노래는 가사가 와닿았다. 사춘기 아이의 마음을 너무 잘 표현한 가사는 들을 때마다 콧등이 시큰해지고 눈물이 고인다.

엄마는 아빠는 다 나만 바라보는데 내 마음은 그런 게 아닌데 자

꾸만 멀어만 가
어떡해, 어떡해, 어떡해, 어떡해
시간이 약이라는 말이 내게 정말 맞더라고, 하루가 지나면 지날수록 더 나아지더라고

마음은 그렇지 않은데 엄마 아빠와 자꾸 멀어지기만 하는 걸 자신도 어찌할 줄 몰라 발을 동동 구르는 것 같아서, 이게 사춘기 아이의 마음 같아서.

책을 읽고, 강의를 보고, 노래를 듣고 감성이 충만해지면, 신기하게도 사춘기 아이에게 한 발짝 가까워지는 느낌이 든다. 마음에도 힘이 생긴다. 학교에서 돌아오는 사춘기 아이에게 웃으며 인사를 한다. 아이의 반응이 싸해도 상처받지 않는다. 아이는 교복을 입은 채로 의자에 앉아 핸드폰을 들여다본다. 아이 옆에 앉아서 이런저런 이야기를 한다. 아이는 귀찮은 표정을 짓지만 가라고 하지는 않는다. 밥은 먹었냐고 물어보고, 안 더웠냐고 물어보고, 숙제는 없냐고 물어본다. 건성으로 대답해도 좋다. 영혼 없이 대답해도 좋다. 아이가 대답이라도 해주니까 상처받지 않는다. 나는 사춘기 아이에게 활짝 열려 있으니까.

사춘기는 아이에게 없던 것이 갑자기 외부에서 들어온 것이 아니다. 아이도 몰랐고 엄마인 나도 몰랐지만, 아이 안에 있던

진정한 자아가 꿈틀대는 것이다. 사춘기가 오면 그때부터 내 아이가 진정한 자아를 찾고 그에 적응하기 위한 전쟁이 시작된 것이다. 아이도 자기 마음을 어떻게 할 줄 몰라 힘들어한다. 볼빨간사춘기 노래의 가사처럼 시간이 약이고 하루가 지나면 지날수록 더 나아진다는 것을 믿어야 한다.

사춘기는 그냥 사춘기다. 아이가 괴물이 되거나 이상한 사람이 된 것이 아니다. 애벌레에서 나비가 되기 전, 번데기의 모습을 하고 있는 것이다. 아이가 지금 사춘기라면, 아이의 사춘기가 빨리 지나기만을 바라지 말고 번데기 안에서 멋진 나비가 되기 위한 시간을 주자. 그 시간이 너무 힘들면 책 읽고, 강의 듣고, 노래를 들어라. 그러면 엄마도 아이의 사춘기를 견디기 쉬울 것이다. 진짜다.

도발하는 거임?

조용하게 책 좀 읽고 싶어서 잠깐 도서관에 갔다 왔더니 아이가 방에 불을 환히 켜놓고 방에 없었다. 책상 위에는 책이며 노트가 어지럽게 널려 있고, 빈 젤리 봉지가 뒹굴고 있었다.

아들한테 "누나 어디 갔어?" 물었더니, "글쎄요, 저도 방에 있어서 나가는 줄 몰랐는데. 방에 없어요?" 한다. 아니, 나가려면 불이나 끄고 나가지.

두 시간쯤 뒤, 저녁 먹을 시간이 되어도 아이가 들어오는 소리가 안 들린다. 카톡을 열어 아이를 소환한다. 그리고 제일 좋아하는 제육볶음으로 미끼를 던져본다.

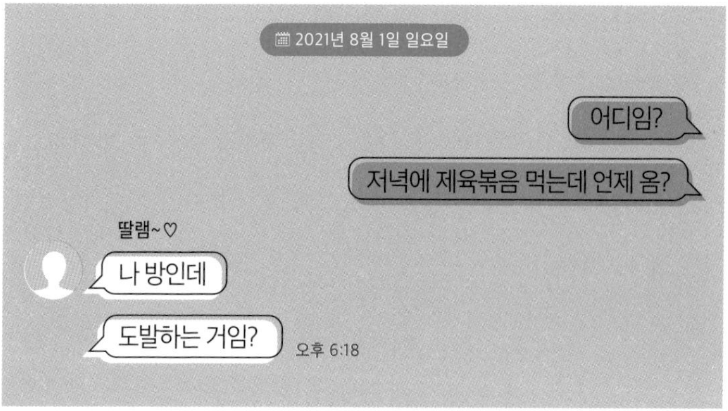

그런데 맙소사! 분명 아까는 자기 방에 없었는데, 그래서 방 불도 안 끄고 다닌다고 구시렁거렸는데, 들어오는 소리도 안 들렸는데, 도대체 어디에 숨어 있었던 거야?

자기 방에서 얌전히 게임을 하던 딸로서는 엄마의 어이없는 카톡을 보고 자기를 도발하는 것으로 여길 만도 하다. 나는 이 어이없는 상황에 그저 웃음만 나왔다. 아이는 황당하다는 표정으로 방에서 나왔다.

"아니, 너 어디에 숨어 있었지? 옷장에 숨어 있었어, 침대 밑에 숨어 있었어? 너 분명히 방에 없었어. 그래서 어디 간 줄 알았다고." 나는 민망해서 아이에게 랩처럼 쏟아냈다.

"화장실에 있었지. 물 내려가는 소리 못 들었어? 방에 가만히 있는 사람한테 어디 있냐니."

"아, 화장실 열어볼 생각을 못 했네."

"카톡 보고 순간 눈물날 뻔했잖아!"

언젠가 들었던 얘기가 생각났다. 일 마치고 돌아온 엄마가 집에 없는 아이에게 "너 어디야?" 하고 전화했더니 "엄마, 오늘 개학이에요" 했다는 것이다. 이 얘기를 들을 때만 해도 '그렇게 정신없는 엄마가 어디 있어?' 하고 웃어넘겼는데 코딱지만 한 집에서 아이가 있는지 없는지도 모르는 엄마가 바로 나였다니! 이번에는 웃고 넘길 수가 없었다.

"처음에는 엄마가 장난하는 줄 알았는데, 장난이라고 생각해도 너무 어이가 없어. 어떻게 같은 집에 있는데도 사람이 방에 있는 줄도 몰라?"

"미안, 미안. 아직도 화가 덜 풀렸어? 엄마도 너무 황당하고 어이가 없어. 네가 너무 방에만 있어서 몰랐어. 너야말로 어떻게 거실에 한 번도 나오지 않았니? 엄마는 네가 밖에 나갔다고 생각했으니 현관문 열리는 소리에만 신경 쓰고 다시 네 방에 갈 생각을 못 했어. 미안, 미안."

투명 인간 취급당한 아이는 제육볶음을 먹으면서도 화가 덜 풀려 꿍얼댔다. 방에 버젓이 있는 자신을 못 본 척하는 엄마가 도발하는 거 아닌가 싶은 생각이 들면서 순간 너무 서운했단다. 나는 아이의 골내는 모습이 귀여워서 웃었다. 사실 그동안 도발하는 사람은 내가 아니라 아이였는데, 오늘 일로 아이에게 제대로 복수한 셈이다. 물론 의도하지는 않았지만. 그러니까 평소에 엄마 속상하게 하지 말아. 안 그러면 또 투명 인간 취급할 수도 있으니까. 이번 기회에 가족, 특히 엄마의 관심이 얼마나 소중한지 알았으면 좋겠다. 물론 그럴 일은 없겠지만.

핸드폰을 부숴, 말아?

나는 아이의 사춘기를 더 폭발적이고 드라마틱하게 만드는 건 핸드폰이라고 생각한다. 중학교에 들어가기 전 핸드폰을 사줄 때만 해도 아이가 이렇게 핸드폰에 빠질 줄은 몰랐다. 핸드폰 중독이나 인터넷 중독은 남의 집 일인 줄만 알았다. 하지만 아이는 학교나 학원에서 돌아오면 핸드폰만 들여다보고 있다. 진짜 핸드폰만! 밥을 먹을 때도 핸드폰을 보고 있어서 밥 먹을 때만이라도 보지 말라고 여러 번 얘기했을 정도다.

나는 아이가 핸드폰을 끼고 사는 걸 아이 편에 서서 이해하려고 노력했다. 아니, 노오력했다. 학교나 학원에서 공부하다 집에 왔으니 아이도 쉬어야 한다. 쉬는 방법은 사람마다 다르다. 아이는 핸드폰을 들여다보는 것이 쉬는 것이다. 친구들과 카톡도 하고, 게임도 하고, 세상 돌아가는 이야기도 듣는다. 물론 편협하고 논리가 엉성한 자극적인 내용의 글만 찾아 읽지만, 그것도 자기만의 쉬는 방법이니 터치하지 않는다. 하지만 몇 시간째 씻지도 않고 교복을 입은 그대로 핸드폰만 보고 있으면 "해도 해도 너무 한다"라는 말이 저절로 입에서 튀어나온다. 아이의 방문을 열기 전, 분노의 노크를 한다.

"너, 지금 몇 시인 줄 알아?"

아이가 눈을 들어 벽시계를 본다.

"어떻게 이 시간까지 하교한 모습 그대로 핸드폰만 쳐다보고 있냐?"

아이는 아무 말도 없이, 그러나 짜증난다는 듯 거칠게 핸드폰을 내려놓는다.

여기서 한마디 더 하고 싶지만 그만둔다. 이미 여러 번 반복된 일이었다. 처음 몇 번 얘기할 때는 '다음에는 핸드폰 보는 시간을 줄이겠지' 하고 기대했는데 아이는 또 늦은 시간까지 핸드폰만 하고 있으니 기대한 만큼 화가 더 났다.

아이가 아직 사춘기 초기일 때는 핸드폰만 들여다보고 있는 아이를 보고 화가 나서 당장이라도 핸드폰을 던져버리고 싶었다. 그런데 엄마의 눈빛이 진짜 핸드폰을 던질 것 같았는지 온몸으로 핸드폰을 사수하는 걸 보고 기가 막혀서 가슴이 무너진 적도 있었다. 그리고 핸드폰을 부순다고 해결될 일이 아니라는 걸 깨달았다.

핸드폰이 없었다면 어땠을까? 내가 사춘기 시절에 그랬듯이 책을 읽고 친구들과 매운 떡볶이 먹으며 부모님 흉을 보고 스트레스를 풀었을까? 아니, 절대 그럴 리가 없다. 요즘 아이들에게는 핸드폰이 분신이고 생명이다. 게다가 코로나19로 온라인 수업이 자연스러워지면서 아이들에게 또 하나의 분신이 생겼으니 바로 태블릿이다. 핸드폰을 뺏는다고 달라질 것이 없는 이유가 바로 이 때문이다.

그렇다고 아이가 마냥 핸드폰만 들여다보게 둘 수 없으니 아이를 앉혀두고 협상을 했다. 밤 12시 이후에는 핸드폰이나 태블릿 사용 금지. 그러나 몰래 새벽까지 하다가 내게 걸렸다. 아이를 믿었는데 부모를 속였다는 사실에 속이 끓었고, 아이가 잠자는 것도 잊은 채 핸드폰을 하는 것이 중독이라고 생각하니 눈물이 절로 흘렀다. 이런 순간에도 화를 심하게 내면 아이는 자기가 잘못한 것을 인정하기는커녕 화내는 부모를 원망한다. 그러니 최대한 화를 가라앉히고 아이와 다시 협상한다. 밤 12시 이후에는 공동 경비 구역인 거실에 핸드폰과 태블릿을 꺼내놓을 것. 이 합의점에 도달하기까지의 과정이 얼마나 눈물 콧물 대잔치였는지는 생략한다.

이렇게 약속하고도 아이는 12시에 핸드폰을 꺼내놓으라 하면 불만 가득한 표정으로 짜증을 냈고, 가끔은 진짜 아무것도 안 하고 12시까지 핸드폰을 하다가 시간이 되면 꺼내놓고 그제야 씻는다. 하, 속이 부글부글. 그때 마음은 라면 끓이려고 가스 불 위에 올려놓은 양은냄비에서 물이 끓는 것 같다.

그나마 평일에는 마주치는 시간이 짧으니 속이 부글부글 끓다가 말지만, 주말에 사춘기 아이가 온종일 자기 방에서 핸드폰만 하는 걸 보면 그때는 홀랑 타버린다. 그래서 선택한 방법이 안 보는 것이다. 사냥꾼에게 쫓기던 타조가 머리만 숨기는 것처럼, 잔소리하지 않으려 화가 폭발하기 전에 아이를 피한다. 혼자 나가지 않고 남편을 끌고 나간다. 맛있는 것도 먹으러 가고, 2~3시간씩 동네를 걷기도 했다. 그러면 어느새 오후가 되고 아이와 마주치는 시간이 줄어든다.

이게 현명한 방법인지는 모르겠다. 사춘기 초기에는 아이를 데리고 나가서 콧바람이라도 쐬었지만, 사춘기가 절정일 때는 같이 나가는 걸 싫어했고, 억지로 데리고 나와도 어차피 핸드폰만 들여다본다. 그러다 보니 나중에는 아이들에게 먼저 물어보고 싫다면 강요하지 않았다. 이런 사춘기 증상은 핸드폰과 아무 상관이 없을지도 모르겠다. 아이들 어릴 때는 부모 마음대로 데리고 다녔으니, 이제는 물어보고 각자의 의견을 존중해야 할 때가 되었는지도.

얼마 전 강의를 보다가 현실과 이상은 얼마나 다른지 알았다. 강사는 사춘기 아이들은 엄마의 목소리에 민감하다며, 화를 내지 말고 감정을 차분히 가라앉히고 부드러운 목소리로 "엄마는 네가 핸드폰만 하는 것이 걱정되는구나. 곧 시험을 앞두고 있는데"라고 말하면 사춘기 아이들이 핸드폰을 내려놓을 것이라고 했다. 게다가 이 강사는 아이가 핸드폰을 보다가 일정 기간이 지나면 아이 스스로 핸드폰 보는 시간을 줄일 것이라고 했다. 그러니 아이가 핸드폰을 너무 많이 본다고 잔소리하면 반발심만 키울 수 있으니 스스로 깨우칠 수 있도록 해야 한다고 얘기했다. 나도 이 방법이 바람직하다는 걸 알고 있다. 하지만 나도 모르게 "아이고, 그건 꿈이고 환상입니다" 하고 중얼거렸다.

이제 핸드폰은 선택이 아닌 필수인 시대다. 아이가 핸드폰이 아닌 세상으로 눈을 돌리면 좋겠지만 부모가 강압적으로 어떻게 할 수 있는 일이 아니다. 아이가 온종일 핸드폰만 쳐다보게 둘 수도 없고, 핸드폰을 뺏는다고 해결될 것도 아니다. 그렇다면 아이가 핸드폰을 덜 하는 좋은 방법은…… 나는 잘 모르겠다. 우여곡절 끝에 핸드폰을 밤 12시에는 거실에 꺼내놓기로 협상했고, 잘 꺼내놓는지 확인할 뿐이다. 물론 이 약속이 100% 잘 지켜질 것이라는 기대는 하지 않지만, 이것이 사춘기 아이와 평화롭게 살기 위한 첫걸음이라고 생각하면 견딜 만하다.

2부

우리는 모두 처음

우리는 모두 처음

나도 13살짜리 딸을 키우는 건 처음이다.
네가 13살이 처음인 것처럼.

갱년기라는 포장으로
계속 젊을 것 같았던 여자가
늙음을 인지하고 혼란스럽듯이

사춘기라는 포장으로
계속 아이일 것 같았던 꼬마가
어른이 되어가는 것이

혼란스럽다는 걸 안다.

너도나도
조금이라도 나은 인간이 되기 위해
조금이라도 행복한 인간이 되기 위해
조금이라도 발전하는 인간이 되기 위해
노력하자.

책장 정리를 하다가 내가 오랫동안 들고 다니던 작은 수첩을 발견했다. 아이가 막 사춘기를 시작했을 때 쓴 낙서였는데, 이 글을 보자 그 당시 내가 얼마나 혼란스러우면서도 의연하게 받아들이려고 노력했는지 떠올랐다. 중학생이 되기 전부터 서서히 꼬마에서 숙녀로 탈바꿈하면서 사춘기가 시작되었다. 돌이켜 보면 아이가 내게 심오한 질문을 할 때부터였던 것 같다. 아이에서 청소년으로 탈피하면서 세상에 대해, 자신에 대해 조금 더 단단한 생각이 필요해진 것이다.

어느 날부터 아이가 사진을 찍는 걸 싫어하고, 가끔은 가족 여행에서 빠지고 싶어 했다. 주말에는 가까운 곳에 가서 외식했는데 자기는 안 가겠다고 하고, 표정만으로도 마음 상태를 알 수 있을 만큼 표가 났으며, 내 분신이라고 믿을 정도로 가까웠는데 자꾸만 틈이 생기는 것 같았다. 자기만의 비밀이 생겼으며, 그 비밀에 나를 초대하지 않았다. 아이에게 취향이 생기고, 그 취향을 다른 사람이 인정하지 않을 때 불편한 내색을 했으며, 엄마가 속상하다고 우는데도 따라 울지 않으려고 애썼다.

아이는 부모에게 자기를 있는 그대로 인정해달라고 소리 지르는 것인지도 모른다. 부모가 자기 말을 안 듣고 아직도 품 안의 자식이라고 여기며 왜 예전 같지 않냐고 할 때마다 답답했을 것이다. 아무 생각 없이 살기에는 세상은 너무 복잡하고 이해할 수 없지만, 물어볼 대상이 없었다. 엄마에게 물어보면 뜨악한 표정을 지으며 곧바로 대답을 못 했고, 질문을 잊을 때쯤 얘기했다. 이미 그 질문에는 관심이 없는데 말이다.

아이와 내게 틈이 생기기 시작할 때, 아이도 그렇겠지만 나도 만만치 않게 괴로웠다. 아이의 친절하지 못한 말투와 행동은 눈에 보이는 현상이었고, 아이의 깊어진 눈빛은 눈에 보이지 않는 현상이었다. 나는 그 둘 다 예민하게 감지했고, 투명 창처럼 들여다보이던 아이의 마음이 불투명해지면서 대화가 겉돌고 침묵의 시간이 조금씩 길어졌다. 이 시간이 얼마나 고통스러운지 말로 표현할 수 없을 정도다. 아이의 짜증스러운 표정, 불만 가득한 행동, 반발하고 부정하는 말투를 견디는 것보다 아이의 침묵이 더 견디기 힘들었다. 아이와 사소한 다툼이라도 있는 날이면 아이가 머릿속에 가득 차서 일이 손에 잡히지 않는다.

마음 같아서는 "도대체 왜 그래? 뭐가 문제야? 어떻게 도울 수 있는지 말을 해줘!"라며 소리 지르고 싶다. 그런데 가장 큰 문제는 아이도 왜 기분이 이런지, 뭐가 문제인지, 어떤 도움을 바라는지 전혀 모른다는 것이다. 아이의 사춘기가 오기 전에는 이런 문제가 생길 것이라고는 상상도 안 했다. 부모는 아이를 위해 모든 걸 할 수 있고 항상 그런 마음으로 아이를 대하는데 그게 잘 전달되지 않는 것 같아 답답했다. 부모가 되어 처음 아이의 사춘기를 마주하자 머리가 하얘졌다. 아이를 이해하려고 여태 공부했던 것이 한꺼번에 공중으로 날아간 느낌이었다. 사랑하는 아이와 부모가 서로의 마음을 모를 수 있다니. 게다가 서로를 미워하다니.

전문가들의 이야기대로 아이와 마주 앉아 진지하게 이야기를 시도했다가, 오히려 아이는 자기 마음을 몰라준다고 화를 내고 부모는 아이가 부모 말을 안 듣는다고 화를 낸다. 아이와 부모가 이해하기는커녕 서로를 향해 화를 내는 상황이 펼쳐진다. 이때 속상하고 눈물나는 마음은 뭐라고 표현하기도 힘들다.

제일 화가 나고 미칠 것 같은 순간은 아이에게 아무리 여러 번 말을 해도 잘 안 듣는다는 것을 알았을 때다. 왜 사춘기 아이들은 그렇게 부모 말을 안 들을까? 아무리 사춘기라도 자기에게 도움을 주려는 부모를 왜 그렇게 무시할까? 그러다 기사 하나를 보았는데, 사춘기 아이들이 왜 부모, 특히 엄마 말을 안 듣는지 이유가 밝혀졌다는 내용이었다.[3] 미국 스탠퍼드 의대 다니엘 에이브람스 교수 팀이 연구한 결과, 어린아이들의 뇌는 엄마의 목소리에 반응하지만 사춘기 아이들은 그렇지 않다는 것이다. 7~16세 아이들은 엄마의 목소리를 들을 때보다 다른 여성의 목소리를 들을 때 더 강하게 반응하고 주의력이 높아진다고 했다. 연구진은 이 결과를 "어렸을 때는 엄마한테 보상받지만 나이가 들면서 엄마보다는 다른 곳에서 받는 보상이 더 가치 있고 의미 있다고 뇌가 학습하는 것으로 보인다"라고 해석했다. 그리고 "새로운 사람과 상황을 탐색하는 것은 청소년기의 특징"이라고 설명했다. 마지막으로 에이브람스 교수는 "부모들이 사춘기 아이들과 의사소통이 잘 안 된다고 좌절감을 느낄 수 있지만, 뇌가 그런 것이니 용기를 내라"라고 말했다. 이 말에 얼마나 큰 위로를 받았는지 모른다.

이 연구 결과에 따르면 내가 키우는 사춘기 아이가 엄마 말에 반응을 안 하는 것은 너무 당연하다. 엄마의 칭찬은 너무 당연하고, 다른 곳에서 받는 보상이 더 가치가 있고 의미 있는 것처럼 뇌가 반응하기 때문이다. 사춘기 아이를 이해하기 위한 공부는 이렇게 끝이 없다.

사춘기 아이들이 엄마 말에 반응을 안 한다는 것을 알았으니, 잔소리는 그만하고 기회를 노리자. 아이의 눈빛이 순해질 때, 천천히 아이의 곁으로 가자. 아이의 기분을 파악하고, 말없이 용돈을 더 줘야 하는지, 위로와 응원의 말이 필요한지, 오감을 총동원해서 알아내자.

사춘기 아이를 변화시키는 방법은 감동을 주는 것뿐이다. 그러나 아이를 감동하게 할 수 있는 건 진심밖에 없다. 엄마도 사춘기 아이를 처음 키우는 것이라 감정만 앞서고 행동은 서툴다는 것을 얘기해줘야 한다. 나는 사춘기 아이를 붙잡고 자주 울었다. 왜 자꾸 눈물이 나는지, 처음에는 나 자신이 이해가 안 됐다. 분명 아이의 버릇없는 말투와 행동으로 화가 났는데 막상 아이와 마주 앉으면 반응 없는 아이 모습에 마음이 무너진다. 그래도 얘기해야 한다. 너의 이런 행동, 이런 말로 엄마가 오늘 아주 속상했다고, 다음에는 조금 조심했으면 한다고. 사춘기 아이는 엄마의 눈물에 무너지지 않으려고 더 차가운 표정을 짓는다. 그래도 나는 안다. 아이가 엄마의 눈물과 진심으로 조금 녹았다는 걸.

엄마의 엄마,
딸의 딸

아이가 사춘기가 오니, 나는 사춘기를 어떻게 지냈는지 떠올리곤 했다. 그리고 엄마가 자주 생각났다. 요즘처럼 풍족하고 살기 좋은 시절도 아니고 하루 벌어 하루 먹던 시절이었으니, 아이들의 사춘기는 지금과는 다른 의미였을 것이다. 하루는 엄마가 내 사춘기를 어떻게 기억하고 있는지 궁금해서 전화했다.

"엄마, 나 키울 때 힘들었지?"

"힘들긴 뭐가 힘들어. 엄마 아빠는 돈 버느라 바빠서 너희들한테 신경을 많이 못 썼지. 너희들은 그냥 혼자 자랐어."

"그때 너무 힘들었는데 엄마가 다 잊었을 거야. 그 어려운 형편에 3남매를 키웠으니."

"나중에 너희 자라고 한참 뒤에 텔레비전에서 방송을 보고서야 '아, 우리 아이들 그때가 사춘기였나 보다' 하고 알았어. 그땐 부모들이 애가 사춘기인지 아닌지도 모르고 넘어갔어."

"엄마, 기억나? 엄마가 고등학교 때 점심 도시락에 매일 쪽지 적어서 넣어줬어. '사랑한다, 맛있게 먹고 즐겁게 지내.' 이런 내용이었어. 지금 생각하면 매일 새벽마다 나랑 동생들 도시락 싸는 것도 힘들었을 텐데 언제 그런 글은 적어서 넣어줄 생각을 했어?"

"내가 그랬니? 너도 애였는데 첫째라고 어릴 때부터 부려만 먹었잖아. 넉넉하게 못 키운 게 너무 미안했는데 미안한 마음을 그렇게 표현했나 보다. 난 너희들 키우면서 힘들다고 생각 안 했어. 그저 더 못해주고 더 사랑해주지 못한 것만 생각이 나."

"뭐가 미안해? 그렇게 고생하면서 키웠으면서. 엄마 고생 많이 했잖아."

이 말을 하면서 이미 나는 목이 메고 눈에 눈물이 가득 찼지만, 내가 울면 엄마도 따라 울 것 같아서 꾹 참았다. 나랑 엄마, 둘 중 한 명이 울면 핸드폰을 붙들고 길거리에서 울 것만 같았다. 엄마도 나처럼 겨우 울음을 참고 있을 것이다. 엄마와 나는 애써 아무렇지도 않은 척 안부 인사를 나누고 전화를 끊었다. 그리고 고개를 들어 하늘을 보는 척 눈물을 거둬들였다.

까맣게 잊고 있었는데 엄마랑 통화를 하다가 생각이 났다. 엄마는 매일 점심 도시락 뚜껑 위에 사랑한다는 내용의 짧은 쪽지를 적어 넣어주었다. 그 당시에는 그 쪽지들을 봐도 아무런 감흥이 없었다. 고집부려서 멀리 떨어진 고등학교로 진학해 밤 10시까지 야간 자율학습을 해야 했던 학교 생활에 몸도 마음도 지쳐 있을 때였다. 매일 저녁 11시 넘어서 집에 도착했으니 부모님 얼굴 보는 건 길어야 5분 내외, 어떤 날은 얼굴도 못 보고 잠들었고 또 새벽에 등교했다. 엄마가 딸이 안쓰러웠을 것이고 그 마음을 작은 쪽지로 전달했을 것이다. 그때 나도 답장을 했던가? 기억이 없다.

나는 사춘기를 티내지 않았다고 생각했지만, 그건 나만의 착각일 것이다. 사춘기란 숨길 수 있는 것이 아니다. 숨길 수 있다면 사춘기가 아니라는 걸 이제는 안다. 딸의 사춘기를 바라만 봐야 했던 엄마의 속앓이를 내가 사춘기 아이를 겪어보니 알 것 같다. 어떻게 아이들이 그냥 자랄 수 있겠는가. 부모의 보호와 사랑 없이 어떻게 한 인간으로 바로 자랄 수 있겠는가. 부모의 한결같은 믿음 없이 어떻게 건강한 영혼을 가진 사람으로 자랄 수 있겠는가.

엄마는 다정다감한 분은 아니었다. 내 마음을 잘 알아주지도 않았으며, 따뜻한 말도 잘하지 못하는 분이었다. 하지만 언제나 나를 믿어주고, 언제나 그 자리에서 기다려주셨다. 그걸 어른이 되어서야 알았다. 결혼하고 아이를 낳고 잠투정하는 아이를 업은 채 눈물의 밤을 보낼 때, 그때 알았다. 아이는 물만 주면 크는 콩나물 같은 존재가 아니라는 걸. 내가 첫아이를 낳았을 때 엄마는 내가 엄마가 되었다는 걸 기뻐하면서도 조금은 슬픈 표정이었는데, 왜 그런 양가감정이 들었는지 그제야 알 것 같았다. 아이를 낳았다는 소식에 병원으로 달려오신 엄마는 아이보다 내가 건강한지부터 물었다. 그리고 내 엄마는 내 딸에게 그랬다.

"우리 딸 너무 힘들게 하지는 말아. 너한테는 엄마지만 내가 사랑하는 딸이기도 하니까."

엄마에게는 내가 엄마가 되었어도 딸이고, 그 딸인 나는 딸을 낳았어도 엄마 딸이다. 당신이 살아온 세월을 살아갈 딸에게 엄마는 많은 말을 하지 않았다. 그저 딸의 딸에게 너무 힘들게 하지 말라고 부탁했다. 엄마의 그 깊은 마음을 생각할 때마다 엄마에게 전화한다.

"엄마, 엄마 되는 게 이렇게 힘든지 몰랐어. 그래서 엄마 생각이 더 많이 나. 얼마나 힘들었을까? 얼마나 울었을까?" 이런 말을 하고 싶지만 나와 엄마는 아무렇지도 않은 척 그저 안부만 묻고 전화를 끊는다. 언제쯤 이 말을 울지 않고 할 수 있을까? 그게 가능하기나 할까? 글쎄, 모를 일이다.

신(新) 사춘기와 구(舊) 사춘기

흔히 부모는 사춘기를 겪어봤으니 아이를 잘 이해할 것이라고 한다. 부모는 사춘기 아이를 아주 잘 파악하는 것은 물론이고 현명하게 대처해야 한다. 그러나 사람마다 사춘기를 똑같은 나이에 겪는 것도 아니고, 증상 역시 사람마다 다르게 나타날 수있다. 같은 가정에서 자라는 형제자매도 사춘기가 오는 시기가 다르고 증상이 다른데, 하물며 삐삐를 사용하던 부모가 핸드폰으로 못 하는 게 없는 요즘 아이들을 이해하고 아이와 가까워지는 일이 쉬울 리 없다.

또한 사회적 분위기(특히 아이들이 많이 보는 인터넷 매체)가 어떤가에 따라 부모와 아이 관계가 더 어려워지는 때도 있으니 부모는 억울한 마음이 들기도 한다. 한때 부모의 경제력으로 자신을 금수저, 흙수저로 평가하기도 했다. 이 수저 나누기에 깔린 생각은 경제적으로 풍족하지 못한 부모를 향한 비난이다.

이런 사회적 분위기는 부모를 감정 교류나 소통의 대상으로 여기지 않고 경제력으로만 평가하는 것처럼 보인다. 방송에서 어떤 드라마가 유행하는지도 부모와 아이 관계에 영향을 미친다. 내가 어릴 때만 해도 가족, 청소년 드라마가 많았다. 〈전원일기〉, 〈한 지붕 세 가족〉, 〈순풍 산부인과〉, 〈사랑이 뭐길래〉, 〈사춘기〉 등. 어느 가족이든 갈등은 겪었지만 지금처럼 경제력으로 부모를 평가하는 시절이 아니었다. 내가 자랄 때와 지금 아이들의 환경은 그 무엇도 같지 않다. 아이들은 하루가 다르게 내가 살던 시절에서 빛의 속도로 멀어지고 있다.

요즘 아이들은 자신이 사춘기라는 것을 포장하거나 감추려고 하지 않는다. 오히려 강하게 드러내 보이고 싶어 한다. 그래도 되는 사회적인 분위기니까. 나와 다른, 그래서 불편한 사람들의 취향에 맞추지 않아도 되고, 사회가 정해놓은 기준에 자신을 억지로 끼워 넣지 않아도 괜찮다고 하니까. 사람들의 인식이 이렇게 빨리 변하는 것이 걱정스럽기도 하지만, 한편으로는 개인을 중시하는 분위기는 부럽기도 했다.

너무 꼰대 느낌이 나서 내 사춘기 시절을 얘기 안 하고 싶었다. 그러나 사춘기 아이를 대하는 부모는 자신이 어떤 사춘기를 겪었는지 생각해보는 시간을 가져야 한다.

나는 3남매 중 첫째 딸이었다. 부모님은 많이 배우지 못하신 분들이지만 내가 아는 그 누구보다 열심히 일하셨다. 부모님이 열심히 일하시는 건 3남매를 잘 키우기 위해서였지만, 3남매는 부모가 없는 긴 시간을 견뎌야 했다. 특히 나는 첫째라는 이유로 초등학생이어도 동생들처럼 마냥 놀기만 할 수 없었고 집안일을 해야 했다. 어설프게 청소하고 빨래하고 밥도 했다. 이런 환경이라고 다 조숙해지는 것은 아니지만, 태생적으로 예민하고 눈치가 빠른 나는 일찍 철이 들었다.

그러다가 중학생이 되자, 외모에 관심이 생기고 한 번도 궁금해하지 않았던 질문들이 내 안에서 폭발했다. 그러나 겉으로는 아무런 내색도 못 했다. 부모님은 여전히 바쁘셨고, 게다가 중학생이 된 나에게는 할 일이 하나 더 추가되었는데 그것은 남동생을 가르치는 일이었다. 지금 생각해보면 가슴에서 불이 활활 타는 아이에게는 절대 시키면 안 되는 일이다. 나 자신도 내 감정을 어찌하지 못했는데 한창 놀기 좋아하는 남동생에게 공부를 가르치라니. 당연히 남동생들은 공부에는 관심이 없었고, 짜증이 철철 넘치는 누나는 매일 괴물의 모습을 하고 동생들을 들들 볶았다.

부모님에게는 내 이야기를 들어줄 여유가 없었다. 가끔은 큰 고민도 혼자 해결해야 했는데, 대부분은 해결하지 못하고 속병을 앓으며 시간만 흘러갔다. 요즘 같으면 아이 얼굴만 들여다봐도 무슨 고민이 있는지 알아채지만, 그때는 그렇지 못했다. 지금이라면 핸드폰을 열어 누군가에게 고민을 털어놓고 도움을 구했을지도 모르겠다. 그러나 어린 나는 매일 밤 혼자 울면서 이 힘든 시간이 지나가기만을 빌었다. 혼자 묻고 혼자 답하며 더 눈치를 보고 눈물이 많은 아이가 되었다.

그런 사춘기를 보낸 아이가 엄마가 되니, 이제는 사춘기 아이의 눈치를 본다. 엄마를 닮아 예민하고 감수성 많고 눈물이 많은 아이가 사춘기가 되니, 엄마는 아이에게서 자신의 사춘기를 떠올렸다. 사춘기라고 다 같은 사춘기가 아니고, 가정이 어떤 환경인가에 따라 사춘기의 정도와 결이 달라진다는 걸 깨달았다. 아이가 마음껏 이야기하고, 마음껏 질문하고, 마음껏 울고 웃을 수 있는 환경을 만들어주고 싶었다. 엄마만 노력하면 그렇게 될 줄 알았다.

엄마들의 가장 큰 실수가 아이의 사춘기가 자신의 사춘기와 똑같다고 생각하는 것이다. 아이는 내가 낳았지만 전혀 다른 사람이다. 외모는 부모에게서 반반씩 받았지만, 아이의 영혼과 생각과 느낌은 오로지 아이 것이다. 엄마는 아이를 자신의 분신이라고 생각하지만, 제일 빨리 깨야 할 생각이 바로 그것이다. 아이가 자기주장을 하고 소리를 지르면, 이제 엄마가 아이를 더 정중하게 대할 때가 온 것이다. 오죽하면 아이 때문에 속에서 불이 번쩍 일어날 때, '이 아이는 내 아이가 아니다. 옆집 아이다. 손님이다. 아니, 사장님 아이다'라고 생각하라는 조언이 있을까.

아이의 사춘기가 내가 겪었던 사춘기와 다르다는 것을 깨닫기만 해도 방법이 보인다. 아이들의 사춘기는 가볍게 지나갈 것이라고, 배부르고 등 따시니 하는 투정 같은 것이라고 무시하면 안 된다. 아이들은 자신을 대하는 엄마와 아빠의 행동으로 인간을, 사회를, 자아를 인식하며 배우고 있다. 아이의 사춘기가 지랄맞다고 부모가 그 장단에 덩달아 춤을 추면 안 되는 이유가 여기에 있다. 그래서 부모는 쉽게 지치면 안 되고, 쉽게 포기하면 안 된다. 좋은 부모가 된다는 것은 끝이 없고, 특별한 방법도 없다. 파도가 쉬지 않고 밀려오는 것처럼, 해가 뜨고 지는 것처럼, 오늘도 내일도 부모는 부모여야 한다. 그러니 사춘기 아이에게 한 번에 너무 과한 에너지를 쏟지 않아야 한다. 그게 사춘기 아이와 잘 지내는 기술이다.

아빠는 아이의 사춘기가 힘들다, 너무 많이

남편은 3형제 중 장남이었다. 무뚝뚝하고 투박한 형제들과 자란 남편은 여자에 대해 아는 것이 거의 없었다. 게다가 여자에 대해 고정관념이 있었다. 남편은 자신의 아이에게 사춘기가 오기 전까지는 자신이 얼마나 이상하고 잘못된 생각을 가지고 있는지 확인할 길이 없었다.

솔직히 말하면, 아이의 사춘기가 오고 나를 몇 배나 더 힘들게 만든 건 남편이었다. 아이를 이해하기보다는 아이의 말투나 행동이 마음에 안 든다는 이유로 화를 내고(아이의 생각에는), 분노를 터뜨렸으며(아이의 생각에는), 마음에 안 든다는 눈빛을 쏘았다(아이의 생각에는).

아이가 그렇게 느꼈다면, 그게 맞는 것이다. 그런 뜻이 아니었는데 그런 오해를 받으면 억울할 수도 있겠지만, 오해를 할 만한 상황을 만든 것은 변명의 여지도 없이 자신의 책임이다. 그러니 아빠가 자신에게 호의적이지 않다고 느꼈다면 분명 그렇게 느끼게 만든 요인이 있었을 것이다. 실제로 남편은 사춘기를 맞이한 아이가 전에 없이 버릇없고 쌀쌀맞게 대하니 적잖이 당황했다. 그러나 화를 내고 가끔은 분노하기도 했으니, 변명의 여지가 없었다.

나는 아이의 사춘기가 절정일 때 아이와 대화하는 것보다 남편을 붙잡고 아이의 성장 과정과 여자아이의 사춘기 특성에 대해 가르치는 시간이 더 길었다. 여자아이는 이런저런 행동적 특성이 있으며, 아무리 부모라도 건드리지 말아야 하는 부분이 있다. 아이는 부모에게 반항하거나 대드는 것이 아니라, 굳이 하지 않아도 되는 말이니 힘들여 할 필요를 못 느낄 수도 있다. 아이에게 무엇인가를 바라는 마음을 버리고 먼저 아이에게 무엇을 해줄 수 있는지 생각해라. 아이가 고쳐줬으면 하는 점이 있으면 그때그때 해라. 참았다가 한번에 쏟아내면 말하는 사람도 흥분하고 듣는 아이도 기분이 나쁘다. 부모만 아이에게 원하는 모습과 행동이 있는 것이 아니다. 아이도 부모에게 원하는 모습이 있을 것이다. 그런데 아이가 원한다고 여태 해왔던 행동이나 습관이 쉽게 고쳐지겠느냐 등등.

내가 아이의 편에 서서 이야기한 이유는 남편과 아이가 서로 미워하고 싸우는 모습이 정말 보기 싫어서였다. 남편이 조금만 더 참아주면 아이와의 갈등이 줄어들 것 같았다. 내가 아이를 혼내는 것은 아무렇지도 않은데, 남편이 아이에게 뭐라고 하거나 혼내는 모습을 보면 참아지지 않았다. 남편은 어른이니 아이를 더 많이 이해하고 용인해야 한다고 생각했던 탓이다. 게다가 남편이 아이에게 하는 말은 아이의 반발심만 더 키울 뿐, 아이에게 하나도 먹혀들지 않았다. 결국 난 그 둘을 참지 못해 밖으로 나가거나 더 크게 화를 내서 그 순간을 무마해버렸다.

남편도 밉고, 아이도 미웠다. 아이가 전혀 듣고 있지 않은데 계속 같은 이야기만 반복하는 남편도, 반성의 기미는커녕 자신에게 잔소리하는 아빠에게 반항하며 도발적인 눈빛을 보내는 아이도, 모두 나를 힘들게 만들고 눈물나게 했다.

남편은 남편대로 억울해했다. 아이에게 바라는 것이 큰 것이 아니라고 생각했다. 학교나 학원에서 돌아오면 부모에게 인사를 제대로 해라. 동생이나 부모에게 말할 때는 거친 용어를 쓰지 마라. 늦은 시간까지 게임이나 핸드폰을 하지 마라. 집에 들어오면 되도록 일찍 씻어라 등등. 남편이 생각하기에는 이런 것은 너무나 일상적이고 기본적이므로, 누가 얘기하기 전에 알아서 해야 하는 것이다. 그런데 이걸 지키지 않으니 남편은 아이를 볼 때마다 눈에 거슬렸다. 조금만 신경 쓰면 안 할 수 있거나, 혹은 할 수 있는 일이라고 생각했기 때문이다.

그러나 이것은 남편의 착각이다. 아이의 눈으로 본 아빠는 어떤지 생각해보자. 아빠는 몸에 안 좋다는 술과 담배를 아직도 즐기며, 한 번도 끊으려는 노력조차 하지 않았다. 아빠는 TV를 보거나 핸드폰을 보는 시간을 정해두지 않는다. 내가 하는 말마다 트집을 잡고 끊는다. 학교와 학원에 다니는 것도 피곤한데, 집에 오면 씻어라, 치워라, 쉴 틈을 안 준다. 조금 쉬다가 씻고 싶은데 자꾸 씻으라고 재촉하고, 나중에 치우고 싶은데 지금 당장 치우라고 한다.

모르긴 몰라도 아이도 분명 부모에 대한 불만이 있을 것이다. 그러나 싫은 점을 고치라고 말하지 않는다(예전에는 아빠에게 담배를 끊으라고 했지만, 남편은 끊지 못했다). 부모가 아이에게 어떤 아이가 되어달라고 하는 건 아이가 부모에게 어떤 부모가 되어달라고 하는 말과 같다. 나는 이런 얘기들을 남편에게 기회가 있을 때마다 한다. 처음에는 내 말에 반발하거나 인정하지 않았지만, 해가 갈수록 남편도 달라졌다.

아이가 학교나 학원에서 돌아오면 먼저 "왔니?" 하고 인사를 건네고, 아이가 말을 할 때 끝까지 듣고, 아이와 관심사가 같은 부분이 있으면 적극적으로 이야기를 나누었다. 또한 밤늦은 시간까지 안 씻어도 재촉하지 않고, 게임이나 핸드폰을 들여다보고 있어도 눈감아준다. 물론 여전히 사춘기 아이의 이런 모습이 괜찮지는 않다. 그래도 남편은 노력하고 있다. 아이와 다시 친해지고 싶어서다.

《아빠는 사춘기가 어렵다》[4]에도 이와 비슷한 내용이 있었다. 사춘기 아이는 지켜보는 게 좋을 때도 있어서, 하고 싶은 충고도 속으로만 해야 하고, 좋은 조언보다 그저 "괜찮아"라고 하는 것이 더 나은 선택일 수 있다는 것이다. 아이보다 약간 뒤에서 지켜보는 것이 제일 좋은 방법이라고. 물론 잔소리 참는 게 얼마나 힘든지 잘 안다.

다행히 아이도 조금씩 변하고, 아빠에 대한 부정적인 태도와 말을 줄였다. 당사자들은 못 느끼지만, 내게는 남편과 아이, 둘 다 조금씩 변하고 있는 게 보인다. 어쩌면 아이의 사춘기는 남편에게 가족의 의미, 행복의 의미를 되새기게 해주는 기회이지 않을까.

열리는 문,
열리지 않는 문

오래전에 들은 이야기다. 정신과 상담을 온 한 남자가 며칠 잠을 설친 얼굴로 의사에게 하소연했다.

"선생님, 여러 날 악몽을 꾸고 있습니다. 너무 괴롭고 힘들어서 그 꿈을 꾸다가 꼭 잠에서 깹니다. 잠을 못 자니 평범한 일상도 너무 버겁게 느껴집니다."

"무슨 꿈을 꾸는지 자세히 얘기해주시겠어요?"

"아주 무시무시한 괴물에게 쫓기고 있습니다. 이제 문 하나만 통과하면 되는데 그 문이 죽어도 안 열려요. 그 문만 통과하면 되는데 말이에요. 결국 그 마지막 문 앞에서 저는 괴물에게 잡아먹히고 맙니다. 괴물은 저를 아주 고통스럽게 죽입니다. 하지만 정작 저를 고통스럽게 하는 것은 괴물에게 잡아먹히는 게 아니라 아무리 밀어도 열리지 않는 문에 대한 절망감이에요."

"흠, 많은 것을 의미하는 문이네요. 아무리 밀어도 열리지 않는 문이라. 혹시 문에 뭐라고 쓰여 있진 않았나요?"

"아, 글쎄요. 지금 생각해보니 문에 무슨 글자가 있긴 했어요. 그게 이 악몽을 없애는 힌트가 될 수 있을까요?"

"그럴지도 모릅니다. 무엇인가에 대한 강한 열망이나 압박감이 이런 악몽을 꾸게 하는데, 대부분은 꿈속에 힌트가 숨어 있어요. 고통스러우시겠지만 다음에 이 꿈을 꾸면 그 문에 무슨 글자가 쓰여 있는지 집중해서 읽어보세요."

그리고 며칠 후 남자는 다시 의사를 찾았다. 남자의 얼굴은 한결 밝았고 여유가 있었다.

"안녕하세요. 얼굴이 좋아 보이시네요. 잠을 푹 주무시나 봅니다. 악몽이 사라졌군요?"

"예, 그렇습니다. 선생님, 선생님의 말씀대로 아무리 밀어도 열리지 않던 문에 쓰여 있는 글자를 집중해서 봤습니다. 거기에는 이런 문구가 있었어요. '당기시오'라고."

젊은 날 이 이야기를 처음 들었을 때는 유치한 허무 개그라고 생각했는데, 나이가 들어 생각해보니 인생의 지침이 되는 이야기였다. 밀어야 하는 일과 당겨야 하는 일이 따로 있다는 것을 그때는 몰랐다.

당길 땐 내 쪽으로 바짝 당겨서 마음에 들여놔야 했고, 밀어낼 땐 마음 부대끼지 말고 멀찍이 밀어내야 하는 일, 그것이 바로 아이를 사랑하는 일이었다. 아이가 어릴 때는 엄마는 항상 아이가 보이는 곳, 손에 닿는 곳에 있어야 하고, 아이가 사춘기가 오고 혼자만의 시간을 요구하면 미련 갖지 말고 독립할 수 있도록 비켜서야 한다.

말 그대로 아이가 문이라면 당겨야 열리는 시기가 있고 밀어야 열리는 시기가 있다는 것이다. 언제 밀고 언제 당겨야 하는지 아는 방법은 아주 간단하다. 아이가 나를 원할 땐 바짝 다가서고, 나를 밀어낼 땐 조금 뒤로 물러나 있으면 된다. 대체로 아이가 어릴 땐 당기는 시기이고, 사춘기는 미는 시기다. 물론 아이가 친절하게 알려주면 좋은데, 거친 말과 반항적인 태도로 알려주니 참 고약한 마음이 든다.

그런데 이게 생각처럼 쉽지 않았다. 아이가 어릴 때는 온종일 힘이 넘치는 아이를 따라다니는 것이 고달프고 힘들어서 아이와 조금이라도 떨어져 있고 싶었는데, 아이가 조금 커서 대화를 하려고 하니 그때는 아이가 부모를 원하지 않는다. 당겨야 할 때 당기고 밀어야 할 때 밀어야 하는데, 이 타이밍을 잘못 맞추면 아이의 신호와 정반대로 움직이는 부모가 된다. 그러면 절대 아이의 마음을 얻을 수 없다. 마음의 문을 못 열기 때문이다.

아이가 사춘기를 겪는 동안, 나는 갱년기 증상으로 괴로운 시기를 지냈다. 시도 때도 없이 얼굴로 열이 올라왔고, 밤에 몇 번이나 잠을 깼으며, 다음 날 물에 젖은 솜처럼 무거운 몸으로 일어났다. 그래서 사춘기를 겪는 아이와 갱년기를 겪는 엄마가 서로 보듬고 이해해줄 것 같지만 사춘기 아이는 엄마를 볼 여유가 없다. 돌이켜 보면 이런 불평등은 당연한 것 같다. 아이는 엄마가 얼마나 힘든 시기를 지나고 있는지 모르지만, 엄마는 사춘기 시절을 겪었던 경험이 있으니 아이의 말과 행동에 눈치를 보는 것이다.

사람들은 어른이 아이보다 더 성숙하고 배운 것이 많으니 아이를 잘 이해할 것으로 생각한다. 하지만 내가 자라온 세상과 아이의 세상은 다르다. 고민도 다르고, 깊이도 다르다. 나를 밀어내기만 하던 아이가 어느 날 손을 내미는 때가 온다면, 그때가 바로 바짝 당겨야 하는 순간이다. 내가 아이의 고민을 모두 해결해줄 수는 없지만, 세상에서 가장 친하고 믿을 수 있는 사람이라는 것을 아이에게 어필할 수 있는 기회다.

청소년 상담 전문가인 이창욱 작가가 《사춘기 쇼크》[5]에서 말했듯이, 아이들이 도움을 요청할 때는 군소리 없이 필요한 부분만 도와주면 된다. 오지랖 넓게 도움을 청하지 않은 부분까지 도와주는 것은 아이들의 인생에 대한 월권행위다. 참 공감 가는 말이다.

적당한 때에 밀고 당기는 것, 인간관계에 가장 기본이라는 것을 잊지 말자.

궁둥이가 싸하다

어르신들이 카페에 앉아 이야기를 나누고 있었다. 엿들을 생각은 없었는데도 좁은 카페라서 그분들과 같은 테이블에 앉은 것처럼 생생하게 이야기를 들을 수 있었다. 마침 며느리 흉을 보고 있었는데, 그중 한 분이 말이 없고 감정 표현도 별로 없는 무뚝뚝한 며느리가 불편하다며 이야기했다.

"우리 며느리는 삐치면 모를 수가 없어. 설거지하는데 궁둥이가 싸하더라고. 뭐가 마음에 안 들면 말을 해주면 좋은데, 저도 내가 어려워서 그렇겠지만 도통 말을 안 해. 그런데 말을 안 한다고 내가 그걸 몰라? 글쎄, 궁둥이도 말을 한다니깐."

책 읽는 척하면서 듣고 있다가 궁둥이가 싸하다는 말을 듣고 마스크 안에서 웃음이 터졌다. 마음이 불편한 티를 팍팍 내는, 그야말로 궁둥이가 싸한 모습을 사춘기 아이에게서 여러 번 봤기 때문이다.

아이가 어릴 때는 말을 너무 많이 해서 온종일 아이와 지내다 보면 귀에서 이명이 울릴 정도였다. 먹을 때에도 아이는 말을 쉬지 않았다. 아이가 잠시라도 말을 쉴 때는 잘 때뿐이었다. 눈에 보이는 모든 것이 다 궁금했고, 궁금한 것은 다 질문했다. 어른이 되고는 한 번도 궁금해하지 않았던 것들을 아이가 묻자 나는 대부분 곧바로 답을 못했다. 아이가 "엄마, 바람은 왜 불어?"라는 질문을 하면, 나는 아이가 이해할 수 있도록 쉬운 언어로 설명했다. 그러면 곧바로 다른 질문을 하고 나는 또 진땀을 빼며 설명했다. 이렇게 아이와 놀다 보면 하루가 금방 지났고, 너무 피곤해서 살이 쭉쭉 빠질 정도였다.

아이의 호기심은 끝이 없고, 내 체력은 하루가 다르게 떨어졌다. 아이를 키우는 것이 힘든 이유 중에 아이의 질문 폭탄에 대꾸해주는 것도 포함되었다. 그런데 말을 너무 많이 해서 엄마를 피곤하게 만들던 아이가 사춘기가 되니 아이의 목소리가 어땠는지 기억이 안 날 정도로 말이 줄었다. 게다가 가끔 아이에게서 쏟아져 나오는 말은 부모가 듣기에는 너무나 거칠고 험했다.

사춘기 아이도 밖에서 친구들끼리 쓰는 단어를 집에서 그대로 쓰면 안 될 것 같다고 느껴서인지 어느 정도는 조심했다. 그런데도 자기도 모르게 튀어나오는 욕이나 은어가 분위기를 싸하게 만들었다. 그중 최고는 모든 단어 앞에 '개' 자를 붙여서 말하는 습관이었다. 한번은 저녁 식사 시간에 아이가 무슨 말을 하는 중이었는데, 남편이 아이의 말이 귀에 거슬렸는지 "'개' 자 좀 빼고 말해라"라고 했다. 그러자 아이는 하던 말을 멈추고 그 이후로 입을 다물어버렸다.

아이도, 아이 아빠도, 이 모습을 지켜보던 나도, 방금까지 하던 말이 무엇이었는지 순식간에 잊어버리고 얼음처럼 차가워진 분위기를 견뎠다. 문제는 그 이후에 아이가 부모에게 말을 안 한다는 것이다. 꼭 해야 할 말만 하고, 묻는 말에도 짧게 단답형으로 답했다. 아이는 소리 지르며 화를 내지는 않았지만, 궁둥이가 싸한 것으로 자신이 지금 기분 나쁘다는 것을, 화가 났음을 알렸다.

아이도, 남편도 모두 그럴 수 있다고 생각했다. 그러나 이런 상황은 너무 싫었다. 사춘기 아이가 말을 조금만 조심했더라면, 남편이 아이의 말을 조금만 참았더라면. 그 상황을 만든 모두가 원망스럽다. 그러면 이번에는 내가 궁둥이가 싸할 차례다.

누군가의 궁둥이가 싸하다는 걸 느낀다는 건 상대의 비언어적 표현을 알아챘다는 것이다. 언어가 아닌 몸짓, 손짓, 표정, 시선, 자세 등으로 생각이나 느낌을 나타내는 것인데, 비언어적 표현을 알아채려면 상대에게 관심이 있어야만 한다. 게다가 궁둥이가 싸하다고 느끼는 건 굉장한 애정을 가지지 않는 한 불가능하다.

엄마는 아이의 언어적 표현이 아니라 비언어적 표현까지 알 수 있다. 아이의 미세한 변화를 알 수 있는 건 언제나 엄마의 눈과 귀, 온몸의 신경이 아이에게 쏠려 있기 때문이다. 그래서 엄마는 아이의 비언어적 표현에 민감해진다. 말을 안 해도 한 것 같은 행동이 쌓이면 엄마는 예민해진다. 그러다가 어느 순간 아이를 붙들고 이렇게 묻는다.

"너 요즘 왜 그래? 뭐가 문제야? 말을 좀 해봐."

느닷없는 이 한심한 질문에 아이는 아무 대답이 없다. 분명 엄마는 아이의 궁둥이가 싸하다는 걸 느끼는데. 이럴 때는 엄마도 말로 설명하기 힘들다. 그럴 때는 "그래, 네가 아무 말이 없는 걸 보니 오늘은 말하기 싫은가 보다" 하고 한발 뒤로 물러난다. 나는 오늘도 아이의 비언어적 표현을 이해하려고 노력 중이다. 궁둥이도 함께.

곧 지나가리라는 희망 고문

아이의 사춘기가 절정일 때는 하루가 멀다고 주변 사람들에게 아이 흉을 보며 울었다. 처음에는 그저 한풀이나 하자고 꺼낸 이야기인데, 굳지 않은 감정이 내 안에서 터져서 누가 보면 얘기를 들어주던 사람이 나를 때린 것으로 착각할 만큼 울음이 터졌다. 안 그래도 울보인데, 그 당시 나는 온몸이 눈물로 채워진 사람처럼 누가 건드리기만 하면 눈물이 터졌다. 인생을 통틀어 이때가 제일 가슴이 답답하고 슬프고 우울했다. 나를 이렇게 자꾸 울리는 사람이 다름 아닌 내가 가장 사랑하는 아이였으니, 가장 친해지고 싶은 사람이었으니.

그런데 이상하게도 나를 이렇게 괴롭히는 아이의 만행을 주변 사람들에게 이야기하면 다들 한결같이, 매번 똑같이 아이의 행동은 문제가 아닌데 엄마가 문제로 여긴다고 말했다. 아니, 내가? 내가 문제없는 아이를 문제라고 생각한다고? 세상에, 이건 도대체 무슨 얘기인가?

나를 화나게 하고 신경 쓰게 하는 아이의 행동은 아주 사소한 것이다. 먹고 씻고 자는 것, 눈빛과 말투였으니. 매일 그걸 보고 지적하며 아이와 싸우는 나는 미치겠는데, 막상 이걸 다른 사람에게 얘기하면 아무것도 아닌 일처럼 생각했다. 그 사소한 것들이 쌓이고 쌓이면 나에게는 태산처럼 보이지만, 남들이 들을 때는 그저 티끌 같은 것이다.

가정에서 벌어지는 일은 대개 그렇다. 좁은 집에서 사소한 일상을 나누며 지내다 보면 숨소리까지 공유한다. 그래서 가족은 세상 그 누구보다 나를 가장 잘 아는 사람인 동시에 나를 가장 힘들게 만드는 사람이기도 하다. '손절'이 쉬운 사회에서 손절이 가장 어려운 관계는 부모와 자식이 아닐까. 그중 나와 가장 많이 닮은 자식이라면 더욱더.

어느 날 아침, 아이는 무엇 때문인지 짜증을 냈다. 그러거나 말거나 아이에게 신경을 안 써야 하는데, 일부러 모르는 척하는 것도 스트레스다. 그래서 뭐 찾냐고 물어보면 체육복을 가져가야 하는데 안 보인다고 한다. 옷장 안에 잘 걸어놨는데 왜 안 보인다는 건지 잘 모르겠지만, 아무튼 찾아줬다. 물론 고맙다는 소리는 안 한다. 누가 보기에는 너무 사소해서 신경도 안 쓸 일인데, 나는 이 과정에서 아이의 쌀쌀맞은 말투와 행동에 이미 상처받았다.

내가 아이의 쌀쌀맞은 말투와 행동으로 상처를 받는다는 사실은 주변 선배 엄마들과 이야기를 나누던 중에 문득 깨달았다. 생각해보니, 성인이 되고 나에게 쌀쌀맞게 대한 사람이 없었다. 사회에서 만난 사람들은 속마음은 어떨지 몰라도 친절하게 대한다. 나를 키워준 부모님도 나에게 함부로 대하지 않는다. 성인이 되고부터는 나를 힘들게 하는 사람들은 안 만나거나 피했다. 그게 가능했고 당연한 것이었다. 그런데 아이는 그게 안 되는 유일한 존재다. 나에게 친절하게 행동하지 않는다고 매번 잔소리하거나 혼내기도 그렇고, 안 만날 수도 없고, 피할 수도 없다.

사춘기 아이들을 겪은 선배 엄마들은 어쩔 땐 내 편 같기도 하고 어쩔 땐 아이 편 같기도 했다. 하지만 대부분은 내 편이었다. 자신들도 겪어봤으니 내 눈물의 의미를 아는 것이다. 열 달 동안 품고 배 아파 낳아 밤낮없이 정성으로 키웠건만, 조금 컸다고 부모를 가벼이 여기는 아이들에 대한 분노와 절망, 슬픔과 공허함과 외로움을 아는 사람들이니 이제 그 터널을 건너고 있는 내게 아낌없이 조언을 건넨다. 그런데 그 조언은 매번 같다. 사춘기는 곧 지나간다. 사춘기가 지나면 언제 그랬냐는 듯이 아이가 살갑게 다가온다. 그러니 아이와 싸우지 말고 조금만 더 참고 기다리라는 것이다. 그야말로 희망 고문이었다.

매번 그랬다. 아이를 낳고 초유가 돌아 젖몸살을 할 때, 잠투정으로 아이를 업고 얼드려 자야 할 때, 아이가 폐렴으로 병원에 입원했을 때, 아이가 괜한 일로 심술부릴 때, 그리고 사춘기 때, 힘든 이 시기는 곧 지나간다고, 그러니 조금만 견디라고.

결과적으로는 그랬다. 시간이 지나니 그 힘들었던 시간은 흔적도 없이 사라졌다. 그런데 사춘기는 다른 것에 비해 시간이 조금 더 걸릴 것 같다. 아이의 말과 행동은 기억이 안 나겠지만, 그때 받았던 마음의 상처가 아물려면 조금 더 시간이 필요하지 않을까.

너에게 간다

딸아이가 한 달 전쯤 신촌에 같이 가달라고 부탁했다. 별다른 약속이 없어서 그런가 했다. 신촌에 간다는 것만 알고 정확히 뭐 하러 가는지, 어디에서, 얼마나 기다려야 하는지 자세히 물어보지 않았다. 아이가 내게 어디를 같이 가자고 얘기했을 때 흔쾌히 가겠다고 한 건 내 시간을 아이에게 준다는 의미였고, 아이가 나를 친구처럼 생각하는 것에 대한 고마움의 표현이었다. 그러니 아이가 나에게 같이 가자고 하면 어디라도 따라나설 참이었다.

그렇게 덥석 아이와 약속한 후, 분위기 살벌한 싸움도 한 번 있었고 손절할 만큼 위태로운 사건도 있었지만, 어찌어찌 그날이 왔다. 나름 일찍 출발한다고 8시에 나왔는데, 아이는 도착하기 전부터 핸드폰을 들여다보며 투덜투덜한다. 이유인즉슨, 다른 사람들은 이미 밤을 새우며 대기표를 받았고 우리가 도착하기도 전에 이미 대기 예약도 끝났다는 것이다.

뭐가 어떻게 돌아가는지, 더 기다려야 하는지, 그냥 돌아가야 하는지 아이에게 물어보는데, 얘기는 안 하고 자꾸 짜증만 냈다. 하지만 나를 더 화나게 했던 것은 내가 자꾸 물어보니 조용히 하라는 말이었다. 나는 아이에게만 들리게 조용히 말하는데 자꾸 조용히 하라고 하니, 아이가 나를 부끄러워한다고 착각했다. '같이 가자고 할 때는 언제고, 이제 와서 엄마랑 같이 온 게 부끄러운 건가?' 싶어서, 황금 같은 토요일 아침의 늦잠도 포기하고 군말 없이 자기를 따라와준 엄마에게 짜증을 내는 이 상황이 어이없고 화가 났다.

이런 생각이 들자, 화가 된장찌개처럼 부글부글 끓었다. 화를 삭이려고 가방에 넣어 온 책을 꺼내 펼쳐 들었지만, 글자는 하나도 안 들어오고, 언제까지 기다려야 하는지도 모르는 긴 줄에 서 있으려니 내 신세가 너무 처량해서 눈물이 나려 했다. 이게 무슨 짓이람? 아이에게 고맙다는 말을 못 들을망정, 오지 말아야 할 곳에 주책맞게 와 있는 것 같은 비참한 기분이란.

그냥 집에 간다고 말을 할까 말까, 맘속으로 100번도 더 실랑이했다. 그런데 내가 지금 집으로 가버리면 아이와의 거리는 상상할 수도 없을 만큼 멀어질 것이고, 그 멀어진 거리를 다시 좁히려면 얼마나 많은 시간을 노력해야 할지 가늠이 안 갔다. 아이가 나를 아무리 화가 나게 해도 엄마가 화를 내는 순간, 아이의 잘못은 사라지고 화를 낸 속 좁은 엄마의 모습만 남는다는 것을 그동안의 경험으로 알았다. 그래, 조금만 더 참자. 마음을 다잡고 다시 책을 펼쳤다. 그 당시 독서가 취미인 것이, 그래서 아무 장소에서나 책만 펼치면 도서관처럼 몰입하는 능력이 있다는 것이 얼마나 다행이었는지 모른다. 진짜 자존심 없는 사람처럼 들고 간 책을 읽었다.

그러나 다리도 아프고 허리도 아파왔다. 왜 이 날씨 좋은 가을날 아침에 이 긴 줄에 서 있나, 나는 누구? 여기는 어디? 현타가 올 무렵, 드디어 아이가 뭔가를 사고 받았다. 그게 무엇인지는 중요하지 않았다. 장장 3시간 30분 만에 작은 종이 석 장을 받고 뚱했던 아이가 웃었다는 것이 중요했다. 이걸 받으려고 이른 아침부터 부지런 떨고 오랜 시간을 기다렸구나. 네가 좋다니 됐다. 내가 보기에는 종이 쪼가리에 불과하지만 네가 좋다니, 그게 뭐가 됐든 네가 좋아하니 그걸로 됐다.

삐거덕거리는 무릎을 끌고 아이와 가까운 카페에 마주 앉았다. 조금 여유가 생기자, 아침에 서운했던 일들을 얘기했다. 너의 무심한 말과 행동 때문에 마음에 상처받았다고 말이다. 그랬더니 아이가 미안한 표정을 지으며, 자기도 아침에 예상했던 것보다 대기가 빨리 끝나서 당황하는 바람에 엄마의 기분을 못 챙겼다고 미안하다며 사과했다. 나는 너무 놀랐다. 아이에게 미안하다고 얘기를 들을 줄은 몰랐던 것이다.

상상해보시라. 짜증나고 신경질 나고 눈물나던 시간은 지나고 청춘 소설의 해피엔드처럼 훈훈한 순간이 얼마나 달콤했을지. 하지만 이렇게 아름다운 순간은 오래가지 않는다는 점을 잊고 있었다. 내가 중고 서점에서 책을 고르는 30분 동안, 아이는 다리가 아프다고 투덜투덜한다. 나는 3시간 30분이나 기다렸는데 아이는 고작 30분 기다리고는 빨리 가잔다. 그래도 아이가 30분 기다려준 덕분에 책을 3권이나 골랐다. 그래, 이거면 됐다. 집에 가자.

3부

사춘기와 갱년기

사춘기와 갱년기

《사춘기 뇌가 위험하다》[6]라는 책을 읽다가 사춘기 아이의 뇌 상태를 알고 나서 충격을 받았다.

청소년의 뇌에는 1천억 개의 세포(뉴런)가 있고 이것들이 다시 1천조에 달하는 연결을 만들어낸다고 한다. 또한 엄청난 양의 정보를 받아들이는 동시에 잃어버리기도 하며, 문제를 합리적으로 해결하는 전두엽이 발달하면서 이전 시기보다 뇌에서 정보를 전달하는 속도가 100배 정도 빨라지고 정보를 기억하고 논리적으로 생산하는 능력이 향상된다.

그러나 더 충격적인 것은 사춘기의 뇌는 20대 중반이 되어야 발달이 끝난다는 것이다. 아이의 뇌는 우리가 생각하는 것보다 훨씬 복잡하고, 취약하고, 환경에 쉽게 자극을 받는다. 그리고 우리가 여태 알고 있던 것보다 사춘기는 더 길었다. 사춘기가 이렇게나 길었다니, 사춘기가 20대 중반까지라니. 세상에, 이럴 수가. 늦어도 20살이면 마음을 나눌 수 있는 사이가 될 것으로 기대하고 있었는데, 예상한 나이보다 5년은 더 지나야 비로소 어른의 뇌가 된다니 큰일이 아닐 수 없다.

나도 사춘기라는 시기를 지났다. 사춘기가 터널이라면 터널을 벗어났고, 다리라면 건너왔다. 사춘기가 왜 생기며, 얼마나 중요한 시기인지, 어떤 증상이 있는지 사춘기를 겪는 아이들도 학교에서 배운다. 사춘기 아이들은 부모가 자신을 안 건드렸으면 좋겠다고 생각할 것이다. "당신들도 겪어봤잖아요?! 알 만한 분들이 왜 이렇게 사람을 피곤하게 합니까?"라고 속으로 얘기할지도 모르겠다. 부모들도 사춘기를 겪었으니 자신들을 잘 알 것이라는 믿음 때문이다.

그러나 부모들도 사춘기를 잘 모른다. 우리가 자랐던 환경과 지금은 너무 다르다. 우리 부모들도 우리를 한숨과 눈물로 키웠겠지만, 그때는 부모와 아이가 같은 지구인이었다. 우리들의 사춘기는 통제 가능했고, 무엇보다 부모를 무서워했다. 하지만 요즘의 아이들은 겉모습만 지구인이고 다른 행성에서 온 외계인 같다. 그러니 부모들은 사춘기 아이들을 안다고 생각하면 안 되며, 관심을 두고 공부해야 한다.

또한 사춘기 아이뿐만 아니라 사춘기 아이를 키우는 부모에 관해서도 공부해야 한다. 특히 엄마의 몸에 대해. 우리 부모님들은 결혼을 일찍 해서 아이의 사춘기와 엄마의 갱년기가 부딪히는 경우가 별로 없었다. 아이를 다 키우고 독립시킬 때가 되면 '빈둥지 증후군'과 더불어 나타났다. 하지만 요즘 결혼이 늦어지고 그만큼 출산도 늦어지니 아이의 10대가 엄마의 40대와 겹치는 경우가 늘어난 것이다.

도서관에 가서 갱년기를 검색하니 관련 도서가 뜬다. 그런데 사춘기를 검색했을 때보다 100분의 1도 안 된다. 도서가 몇 권 없다는 것은 아직 갱년기에 관한 정보가 많지 않다는 방증이다. 왜 엄마의 갱년기에는 이렇게 관심이 적을까? 엄마가 사춘기 아이에 관해 공부하는 것처럼 늙어가는 부모에게 관심을 두고 공부하는 자식은 없다. 이런 생각을 하면 조금 슬퍼진다. 그러나 엄마는 슬퍼할 시간이 별로 없다. 그러니 이제라도 내 몸에 신경 쓰고 보살펴주면 된다.

갱년기라는 용어도 그 전에는 생소한 단어였을 것이다. 《갱년기 직접 겪어봤어?》[7]에서 갱년기는 폐경을 겪으면서 여성에게 더 이상 중요하지 않은 호르몬이 줄어드는 지극히 자연스러운 과정이라고 했다. 불필요해진 호르몬이 몸에서 줄어드는 동안 그에 맞춰 적응해가는 시간이다.

문제는 40대 초반부터 갱년기 증상이 나타난다는 것이다. 사람에 따라 기간도 다르고 갱년기 증상도 천차만별이다. 멀쩡하게 생리를 하면서도 갱년기 증상을 겪는 나 같은 사람도 있다.

이 책에는 갱년기 원인과 증상, 치료 방법과 주의점뿐 아니라, 갱년기를 겪고 있는 엄마들의 이야기가 있었다. 사춘기는 부모가 도와주지만 갱년기는 스스로 돌봐야 한다. 사춘기를 겪는 대상은 아이들이고, 갱년기를 겪는 대상은 어른이니까. 사춘기는 부모가 챙겨주지만, 엄마의 갱년기는 스스로가 챙겨야 한다.

하지만 사춘기처럼 갱년기도 알아야 잘 지낼 수 있다. 책 저자이자 한의학 박사 이현숙 작가는 갱년기는 인생 2막의 시작을 알리는 것이므로, 인생 후반전을 위해 움츠렸던 자아를 깨고 자신을 사랑하면서 비상해야 하는 시기라고 했다. 그러고 보니 사춘기와 갱년기의 공통점이 바로 이것이었다. 자신을 알아가는 과정이자, 찰나 같은 인생을 더 사랑하는 과정이라는 것.

사춘기와 갱년기가 이런 공통점이 있다면 엄마와 사춘기 아이는 서로 더 잘 이해하고 감싸주고 안아줘야 한다. 그리고 이렇게 도닥여줘야 한다. "많이 힘들지? 우리의 몸이 호르몬에 적응해가는 중이래. 그러니 우리 힘들어도 잘 이겨내자!"

사랑하는 덕후에게

내 아이는 포켓몬스터 덕후다. 덕후는 일본어인 오타쿠(御宅)를 한국식으로 바꿔 부르는 말인 '오덕후'의 줄임말이다. 오타쿠는 1970년대 일본에서 등장한 신조어로, 본래 '집'이나 '댁'(당신의 높임말)이라는 뜻이었지만, 집 안에만 틀어박혀서 취미 생활을 하는 사회성이 부족한 사람이라는 의미로 사용되었다. 현재는 어떤 분야에 몰두해 전문가 이상의 열정과 흥미를 가지고 있는 사람이라는 긍정적인 의미로 사용되기도 한다.

사실 몇 년 전만 해도 오타쿠는 방에만 처박혀 아무것도 하지 않던 무기력한 사람들로, 사회생활도 하지 않고 자기 방에만 있으니 심리적, 정신적 문제가 있다고 여겨졌다. 그런데 몇 년 사이에 그 이름도 정겨운 '덕후'라고 불린다. 이름만 변한 것이 아니라 어떤 분야에 기가 막히게 능통하며, 덕질로 삶의 활력소를 찾는 사람들로 의미가 바뀌었다. 취향이 없는 사람들보다 자기만의 취향을 가진 사람들이 인생을 더 즐겁고 재미있게 살 것이다. 그런 의미에서 내 아이도 긍정적인 덕후다.

포켓몬스터는 포켓몬 컴퍼니가 발매하는 게임 시리즈 또는 이를 원작으로 한 텔레비전 만화 영화/만화/TCG 등의 미디어 믹스 작품, 해당 시리즈에 등장하는 가상의 생물을 통칭하는 말이다. 나는 아직도 포켓몬스터 캐릭터의 이름을 잘 모르는데, 시리즈가 나올 때마다 캐릭터가 추가되어서 무려 905가지나 되기 때문이다. 캐릭터들은 아기였다가 능력을 키워 어른으로 성장하고, 캐릭터마다 능력이나 파워가 달라서 오랜 시간 공부하지 않으면 포켓몬스터의 세계를 다 이해할 수 없다. 나는 아직도 피카추, 파이리, 꼬부기, 이상해, 에브이 정도만 안다.

아이는 아주 어릴 때부터 포켓몬스터를 좋아했다. 처음에는 만화를 봤고, 문방구에서 파는 종이 캐릭터 카드를 사 모았으며, 게임기를 샀다. 생일 선물은 아이가 좋아하는 캐릭터 인형이었고, 아이는 1년에 한두 번 열리는 행사나 현장 스토어에 가자고 졸랐다. 이 행사가 뭔지는 잘 몰랐지만, 아이가 가고 싶어 하니 나와 남편은 만사를 제치고 갔다. 길고 긴 대기 줄에서도 아이는 짜증 한 번 없이 싱글벙글 좋아했다. 오히려 부모가 집에 가자고 할까 봐 평소에는 보기 힘든 애교를 보여주기도 했다.

2~3시간 넘게 줄 선 대가로 겨우 포켓몬스터 물건을 살 수 있는 기회를 얻는다는 것이 너무 황당하기만 했다. 게다가 그 물건들이 하나같이 비쌌다. 아이는 이것도 좋고 저것도 좋다며, 말 그대로 입이 귀에 걸렸다. 하지만 마음에 든다고 다 살 수 없으니 이걸 들었다 저걸 들었다 하며 행복한 고민을 했다.

또한 아이는 일본 애니메이션 덕후다. 2017년 개봉한 신카이 마코토 감독의 〈너의 이름은〉을 보고 아이는 더없이 감동했다. 그 후로 〈너의 이름은〉과 관련된 책을 사고, 포스터를 사고, OST를 반복해서 듣고, 강남 전시회까지 갔다. 얼마 전에는 OST 공연까지 봤다. 포켓몬스터 덕후, 일본 애니메이션 덕후인 아이가 제일 가고 싶은 곳은 일본, 제일 잘하는 제2외국어도 일본어다.

이제야 고백하지만, 나와 남편은 아이의 이런 모습이 너무 좋았다. 돈이 많았다면 아이가 사달라는 걸 다 사주고 싶을 정도로 아이의 웃음은 중독성이 강했다. 나는 게임이나 애니메이션에는 관심이 전혀 없었다. 그래도 아이가 좋아하는 것, 아이가 웃을 수 있는 일에 기꺼이 동참했다. 아이의 세계에 들어가야 아이를 이해할 수 있으니 두려움 없이 들어섰다.

하지만 빛이 있으면 어둠도 존재하는 법. 아이가 게임에 지나

치게 몰두해서 게임기를 두고 아이와 한바탕 전쟁을 치렀다. 이것도 한때라는 걸 알았지만, 아이의 관심이 오로지 작은 게임기에만 쏠릴까 봐, 작은 게임기 안에서만 살까 봐 걱정스러웠다. 걱정에만 매몰되어서 하루가 다르게 변하는 아이를 생각하지 못했다. 게임기보다 더 큰 폭풍을 만날 것이라고는 생각도 못 했다.

중학생이 되고 처음 개통한 핸드폰은 학생용으로 파는 국내산 핸드폰이었다. 그런데 1년도 안 되어서 아이폰으로 바꾸었고, 새로운 아이폰이 나올 때마다 바꿔달라고 요구했다. 시장에 나온 지 얼마 안 된 핸드폰은 가격이 아주 사악했다. 그래도 아이가 원하니 결국 사주고 만다. 아이가 원하니까. 친구들도 다 가지고 있다고 하니까. 게다가 비싼 만큼 할부는 길게 끊을 수 있으니까. 핸드폰 때문에 아이와 싸운 눈물의 사연은 다음으로 미루자.

아이는 요즘도 구두쇠처럼 용돈을 아끼고 모은다. 얼마 뒤에 있을 팝업 스토어에 가기 위해서다. 그곳에 같이 가자고 해서 흔쾌히 그러자고 했다. 대신 맛있는 걸 사달라고 했더니 아이는 웃으면서 도넛을 사주겠단다. 짠순이 아이가 도넛을 쏘겠다니. 자신을 위해 같이 가주는 것을 안다는 뜻이다. 됐다, 이만하면.

아이의 스트레스

아이가 어렸을 때는 육아서를 참 열심히도 읽었지만 아이가 초등학교에 들어가고 거의 읽지 않았다. 아이와 나는 아무런 문제가 없었다. 그러나 아이의 사춘기가 시작되고 다시 청소년 관련 책을 찾아서 읽기 시작했다. 도서관에서 사춘기 아이들을 키우는 법에 관한 책을 찾아보면 얼마나 많은지. 사춘기 아이를 키우는 엄마들의 일상부터 의사나 심리학자, 상담사, 교사 등의 전문가가 쓴 책도 있다. 그만큼 각계각층의 많은 부모가 사춘기 아이와 갈등이 겪으며 아이를 이해하려고 노력한다는 것이고, 아이와의 관계를 개선하기 위해 고민이 깊다는 것이다.

아이가 어릴 때 육아서를 열심히 읽은 이유는 눈에 넣어도 안 아프다고 착각할 만큼 사랑하는 아이를 잘 키우고 싶다는 이유도 있었지만, 초보 엄마로서 아이를 너무 모른다는 두려움 때문이었다. 전문가들이 쓴 육아서에는 세상 그 어떤 것보다 예쁘고 사랑하는 아이를 낳고 키우면서 왜 이렇게 눈물나게 힘든지 단번에 이해시켜줄 답이 있을 것만 같았다. 그러나 육아서를 읽을수록 내가 더 바보 같다고 느낀 것은 단지 기분 탓이었을까, 아니면 나는 육아를 글로 배우려는 진짜 바보였을까? 그래서 아이가 컸는데도 아직도 책을 뒤적이고 있는지도 모른다.

"엄마, 친한 친구가 또 자퇴한대. 하."

얼마 전에 친구 한 명이 자퇴했다고 얘기했는데, 몇 달 사이 또 한 명이 자퇴했단다. 내가 알기론 자퇴란 나쁜 짓을 저지르고 학교에서 쫓겨나는 것뿐이었다. 그런데 검정고시를 준비하거나 유학 준비를 한다고 자퇴하는 것이 유행이란다. 유행? 자퇴가 유행이라고? 뒷말은 흐렸지만, 아이는 분명 흔들리고 있었다. 아이도 입시 지옥에서 도망갈 수 있다면 도망가고 싶을 것이다. 게다가 친하게 지내던 친구가 자퇴했다니, 학교 말고도 더 쉬운 인생이 있다고 생각하는 것 같았다.

나는 아이의 친구 이야기를 들으며 솔직히 걱정이 앞섰다. 학교에 결석하면 큰일이라도 나는 줄 알았기에, 아이의 친구들이 자퇴했다는 말에 그럴 수도 있다는 생각보다 뭔가 문제가 있어서 학교를 그만두었나 하는 생각이 들었다. 게다가 아이가 친구들의 잇따른 자퇴 소동에 마음이 흔들려 자퇴하겠다면 어쩌나 하는 걱정이 가득했다.

확실히 요즘 아이들은 나와는 다르다. 아이들은 정보가 쏟아지는 세상에 살지만, 불안 지수는 예전보다 더 높아졌고, 부족함 없이 키웠음에도 부모만큼 살기 힘들 것 같다며 포기하는 일이 많아졌다. 연애, 결혼, 출산을 포기해서 3포세대라는 신조어가 있었는데, 요즘은 여기에 육아를 추가해서 4포세대, 집도 포기한다고 5포세대, 꿈과 희망까지 포기한다고 7포세대라는 말까지 등장하며 자조 섞인 한탄을 하기에 이르렀다.

요즘 아이들은 대체 왜 이러는 걸까? 내가 자랄 때는 안 그랬는데 뭐가 문제인 걸까? 나는 답답한 마음을 안고 도서관에 간다. 역시 믿을 건 책밖에 없다. 사춘기 아이에 관련된 수많은 책 중 눈에 들어온 것은 〈우리 아이가 달라졌어요〉로 많은 엄마에게 육아 문제의 달인, 육아의 신으로 알려진 정신과 의사이자 소아청소년정신과 전문의인 오은영 박사가 10여 년 전에 쓴 《아이의 스트레스》[8]였다. 거의 400쪽에 달하면서 글씨가 빼곡해서 더 신뢰를 주었다.

이 책에서 오은영 박사는 부모가 아이의 스트레스를 가볍게 넘기고 싶은 이유는 실은 너무 당황스러워서 내 아이가 스트레스를 받는다는 사실을 인정하고 싶지 않기 때문이라고 했다. 부모는 아이가 자신이 알 수 없는 일로 괴로워한다는 사실 자체가 두렵다는 것이다. 그래서 억지로 아무것도 아니라고 믿고 싶지만, 굉장히 위험한 생각이다. 그리고 아이가 스트레스를 받을 때 가장 좋은 방법은 그때그때 부모로서 최선을 다해 그 상황을 다루는 것이며, 아이와 진솔한 대화를 하는 것이다.

스트레스란 인간이 심리적, 신체적으로 감당하기 어려운 상황에 부닥쳤을 때 느끼는 불안과 위협의 감정을 말한다. 그리고 오은영 박사의 책 추천글에서도 스트레스란 용어를 처음 만들어 사용한 한스 셀리에를 소개하며, 스트레스란 인간의 삶에서 늘 함께하는 현상이며 결혼이나 출산, 승진 등 삶에 변화를 일으키고 새로운 적응이 필요한 모든 사건이 스트레스의 원인이 된다고 설명했다.

그렇다면 우리 아이는 지금 사춘기라는 엄청난 변화를 겪고 있으며 그 과정에서 스트레스를 받을 수밖에 없다. 아무리 부모라도 해도 아이의 스트레스를 모두 없애줄 수 없다. 하지만 문제가 될 만큼 스트레스가 크다면 원인을 찾아내서 스트레스를 줄여줘야 한다. 부모의 눈높이가 아니라 아이의 눈높이에서 말이다. 안다. 아니, 알고 있다고 생각했다. 그런데 나는 어째서 아이의 스트레스를 마주하면 두려운 마음만이 가득한 것일까?

나도 그랬다. 아이의 스트레스 앞에서 내가 아이에게 도움이 될 수 없을까 봐 아예 아이가 스트레스를 받고 있다는 것을 모른 척하거나 무시했다. 이해한다고 생각하는 것과 인정하는 것은 하늘과 땅만큼 다르다. 다른 아이는 그럴 수 있지만 내 아이는 안 된다는 생각, 내가 여태 괜찮다고 생각했던 것이 깨어질까 봐 두려운 마음이었다.

인정해야 한다. 나도 아이의 흔들림에 스트레스를 받는다. 아이가 스트레스로 힘들면 지켜보는 엄마도 스트레스를 받는다. 사랑이 깊을수록 스트레스가 더 심할 것이다. 아이도 나도, 나름의 이유로 스트레스를 받는다. 다른 점이 있다면 어른인 나는 스트레스를 더 크게, 많이 받지만 해소하는 방법도 있다는 것이다. 그러니 아이도 스트레스를 적절하게 풀 수 있도록 어느 정도는 눈감아줘야 한다. 예를 들면 새벽까지 게임하거나, 온라인 세상에 오래 머물거나, 친구랑 쇼핑하는 것 등등.

다행히 아이는 친한 친구도 없이, 재미없는 공부를 견디며 학교를 잘 다니고 있다. 이것만으로도 아이에게 고맙다. 진심으로.

두 여자의 시간

출근길에 초등학생 두 명이 나누는 대화가 들려왔다.

"내가 요즘 열대어를 기르는데, 얼마나 예쁜지 몰라. 항상 그 아이들 생각이 나. 물속에서 헤엄치는 모습이 너무 예뻐."

"진짜? 물고기 키우기 진짜 어렵잖아?"

"어, 수족관 관리가 힘들더라. 물론 울 엄마가 더 힘드시겠지. 나는 그냥 보조야. (여기서 진짜 키득키득 웃었다.) 수족관 물 갈아줄 때도 한꺼번에 다 버리면 안 돼. 매일 조금씩 물을 버리고 딱 그만큼만 깨끗한 물을 넣어줘야 해. 열대어는 물의 온도에도 민감하고, 물의 맛에도 민감하대."

"음, 온도는 알겠는데, 물맛이 있어? 물고기들이 그걸 알까?"

"꺄르르, 꺄르르~ (진짜 이렇게 웃었다!) 나도 잘 모르지. 열대어들하고 아직 대화는 안 해봤거든. 근데 내가 가까이 가면 이 아이들이 나한테 쪼르르 몰려온다. 진짜야. 나를 알아본다니까."

"야~ 너무 귀엽겠다. 나도 열대어 키우고 싶다."

여학생들은 2~3학년쯤 되어 보였다. 아이들은 청정한 언어로 열대어 이야기를 하며 진짜 꺄르르, 꺄르르 소리를 내어 웃는다. 모래 한 톨만큼의 거짓이나 가식이 섞이지 않은 아이들의 대화는 순수함 그 자체였다. 비속어도, 줄임말도, 욕도, 외계어도 전혀 들어가지 않은 아이들의 대화에 나는 감동했다.

내가 퇴근할 때는 옆 학교 중고등학생들도 하교한다.

"야, ××, ×나 짜증나! 왜 비가 오냐?"

"미친 새×, 비 온다고 지×이야?"

"시×, 신발 젖잖아. 아, ×나 짜증나."

"넌 비가 안 와도 짜증 ×나 부려, 덥다고."

"야, ×발, 더운데 덥다고 하지, 뭐라고 하냐? 미친 새×."

아이들의 대화에서 욕설은 그냥 추임새다. 나도 안다. 그러니까 아이들의 욕에 민감하게 반응하면 안 된다. 그런데 귀에서 피가 나는 것 같아서 걸음을 빨리한다. 이 아이들에게서 벗어나야 살 것 같다. 겨우 한 무리의 아이들을 따돌리자 앞쪽에 또 다른 아이들이 방금 들었던 대화를 토씨 하나 안 틀리게 하고 있다.

우리 집에 있는 사춘기 아이만 말을 그렇게 하는 줄 알았는데, 다른 집 아이들도 이렇게 말을 한다. 물론 밖에서는 이렇게 말을 해도 집에서는 안 그러는 아이들도 있다. 그러나 성인도 아니고 아이인데 그게 가능한 것이 더 이상하지 않을까? 아이보다 수십 년을 더 산 나도 사회에서 치인 날은 집에 가면 입을 닫는다. 아무렇지 않은 척할 수도 없고, 힘들었던 일을 이야기하자니 자존심 상하고. 결국 말을 줄이는 수밖에 없다. 아이도 밖에서 아이들과 아무렇지도 않게 쓰던 말을 집에 와서 그대로 쓰려니 부모에게 혼날 것이 뻔하고, 그렇다고 순한 말로 바꿔서 얘기하자니 말이 방지턱 넘듯 자꾸 걸리고, 그래서 사춘기 아이는 자연스럽게 말이 줄었던 것이 아닐까?

아이에게 사춘기가 왔다고 느끼는 순간이 바로 말이 줄었다고 느껴질 때다. 뭘 물어도 대답하지 않고 아이의 얼굴에서 표정이 사라졌다고 느꼈을 때, 부모는 갑자기 불안해지고 걱정이 된다. 이럴 때 아이를 믿으면서, 굳건히 믿으면서, 콘크리트보다 더 단단하게 믿으면서 기다리면 아이가 천천히 벽을 허물고 다가온다는 것을 알면서도 하루하루가 지옥처럼 느껴졌다.

아이의 거친 말을 견디는 것, 그리고 침묵을 견디는 것은 사춘기 아이를 키우는 부모들이 제일 힘들어하는 부분이다. 내가 지켜줘야 할 아이가 혼자 굵은 비를 맞고 있는 것 같아서, 어두

컴컴한 마음의 감옥에서 울고 있을 것 같아서 마음이 아프고 두려웠다. 이때 내 마음은 인생을 통틀어 가장 아픈 시기이기도 했다. 아이만큼 나를 아프게 하는 존재가 있을까? 아이만큼 나를 충만한 행복과 기쁨으로 가득 차게 할 수 있는 존재가 있을까? 이렇게 소중한 존재인 아이가 어느 날 갑자기 등 돌리고 소리 지르고 짜증을 내면 엄마의 마음은 와르르 무너진다. 아이가 왜 그런지 아는데, 엄마가 어떻게 해야 하는지 배웠는데, 막상 그때는 아무 소용이 없었다. 나는 오로지 아이 생각만 했다. 아이의 변한 모습을 온종일 되새기고 되새겼다. 갱년기 엄마는 사춘기 아이를 끌어안을 내면의 힘이 부족했다.

다른 사람들에게는 말하지 못하는 사춘기 아이와의 시간. 지금 생각해보면, 내가 아이를 제대로 바라보게 된 기회였다. 내가 바라는 아이가 아니라 아이가 되고 싶은 모습 그대로를 인정하고 그것에 조금씩 적응했다. 아이도 힘들었을 것이다. 마음은 안 그런데 자기도 통제가 안 되는 불안과 감정을 혼자 삭였을 것이다. 자기도 모르게 화가 나고 짜증이 났을 것이다. 그렇다고 뒤늦게 부모에게 사과하고 살갑게 대하기도 쉽지 않았을 것이다. 내가 그 시절에 그랬듯이. 사춘기 아이는 아이대로, 갱년기 엄마는 엄마대로, 발효되는 시간을 보내는 중이다.

어떤 다짐

아이를 마주하기 전, 나는 매번 이상한 다짐을 한다.

1. 다정하게 인사를 해야지. (아이가 내게 인사를 대충 해도 화내지 말아야지.)
2. 학교에서 잘 지냈냐고 물어봐야지. (욕이 반, 신조어가 반이라서 정확히 알아듣지 못해도 끝까지 들어줘야지, 선생님이 이상하고 반 친구가 이상하다는 이야기에도 진지하게 대꾸해줘야지.)
3. "공부하기 너무 힘들지?" 하고 위로해줘야지. (지금처럼 공부만 할 때가 얼마나 좋을 때인지 아냐는 말은 하지 말아야지.)
4. 자퇴하고 싶다는 농담에 발끈하지 말아야지. (농담이 아니라

고 하겠지만, 나는 아이의 이 말이 학교 생활이 힘들다는 뜻으로 찰떡 같이 알아듣는다.)

5. 필요한 거 없냐고, 용돈 더 필요하냐고 물어봐야지. (쥐꼬리만큼 주는데 안 부족하겠냐는 아이의 말에 화내지 말아야지. 너는 그나마 쥐꼬리만큼일지라도 용돈이라는 게 있지, 이 엄마는 용돈도 없다는 말을 굳이 덧붙이지 말아야지.)

6. 늦게까지 안 씻어도 "이제 그만 씻어라"라고 말하지 말아야지.
늦게까지 안 자도 "이제 그만 자라"라고 말하지 말아야지.
늦게까지 게임을 해도 "이제 그만해라"라고 말하지 말아야지. (가능한지는 모르겠다.)

7. 아이의 표정을 살펴서 불편해 보이면 "무슨 일이 있어?" 하고 물어봐야지. (이때 부모의 마음은 아무 일도 없기를 바라는 마음이다. 혹시나 부모인 내가 해결하지 못하는 문제면 어쩌나 하는 걱정이 크기 때문이다.)

8. 시험 기간에는 절대 성적에 관해 물어보지 말아야지. (중학생일 때만 해도 아이의 표정만 봐도 성적을 대충 알았는데, 고등학생이 되면서 표정은 대부분 안 좋다.)

9. 주말에 해가 중천이지만 아직 자는 아이에게 어제 대체 몇 시에 잤길래 아직 자느냐고 말하지 말아야지. ("남들 잘 때 자

고 남들 일어날 때 일어나면 안 되겠니?"라는 말도 하면 안 되겠지?)

10. 나는 너를 진짜 사랑한다고 뜬금없이 얘기해줘야지. (처음에는 무척 어색할 거야. 나도, 너도.)

예상하지만 처음에는 이 다짐은 불가능에 가까울 정도로 실천하기가 힘들었다. 특히 아이가 학교 생활이나 친구들에 관한 이야기를 할 때는 듣고 있기가 불편할 정도로 말이 거칠었다. 아이가 쓰는 말은 얼핏 들어도 욕으로 버무려진 신조어였다. 그러니 아이가 말을 하다가 내가 "잠깐만! 그게 뭐야?"라며 묻기가 다반사였다.

대부분은 줄임말이었지만, 가끔은 자기가 다니는 학교를 비하하고 이상한 행동을 하는 반 친구들을 조롱하는 말도 있었다. 아이는 친구들과 대화할 때 자연스럽고 매끄럽게 이런 단어를 사용할 것이다. 요즘 아이들의 언어는 상상을 초월하는 지경이다. 그러나 방법은 없다. 나는 아이와 이야기하고 싶다. 그러려면 아이가 사용하는 용어에 익숙해져야 한다.

억텐, 크크루핑퐁, 개꿀, 스껄, 누칼협, 주불, 핑프족, 킹받네 등등, 신조어는 끝도 없는 만들어지고 하루가 다르게 유행이 바뀌었다. 내가 아이에게 들어서 의미를 알았다면 아이들은 이미 그 신조어를 안 쓸 확률이 높았다. 아이들 사이에서 유행은 지났지만 나는 이제 시작이니, 웃픈 현실이 아닐 수 없다. 그래도 방법이 없다, 아이와 이야기하려면. 나는 계속 아이의 세계로 가까이 가야 한다. 언어뿐만 아니라 생각도 공유하고 미래에 함께할 일이 생긴다면 더할 나위가 없을 것이다. 그리고 아이에게 가까이 다가서고 싶은 이 마음이, 이 노력이 언젠가는 빛을 발할 것이라고 믿어본다. 언젠가 아이와 내가 사춘기와 갱년기, 그 중간에서 만나 서로 이해하게 될 것이다.

울보 엄마

남편은 내가 아이에게 쩔쩔매는 것 같다고 불평한다. 아이가 잘못한 일이 있으면 단호하게 혼을 내고, 일상에서 잘 지켜지지 않는 약속을 지킬 수 있게 잔소리도 좀 하라고 한다.

"왜 큰애한테만 쩔쩔매냐? 둘째한테는 안 그러면서."

"쩔쩔매는 게 아니라, 괜히 애 기분 건드려서 좋을 게 없으니까 그렇지."

말은 이렇게 했지만, 사실이 그랬다. 나는 아이가 말을 걸면 긴장도가 높아지고 불안해졌다. 아이와 이야기를 한참 하다 보면 식은땀이 났다. 아이가 뭘 물어보면 알고 있는 내용도 말이 잘 안 나왔다. 아이의 눈치를 보고 기분을 살핀다. 내가 아이를 대하는 모습만 보면 영락없이 직장 상사를 대하는 모습이다. 나도 궁금했다. 나는 왜 아이에게 쩔쩔매는 것일까?

나는 아이가 하는 말 중에 "아, 됐어!" 하는 말이 제일 듣기 싫다. 그 말을 들으면 잠잠하던 마음이 다시 울렁거린다. 대부분은 아이가 내뱉는 빠른 말을 제대로 알아듣지 못해서 다시 묻는다. "뭐라고? 잘 못 들었어. 뭐라고 했어?" 그러면 아이는 어김없이 짜증 섞인 말투로 "아, 됐어!" 한다. 일부러 그런 것도 아니고 잘 들으려고 하는데도 안 들리니 짜증이 나는 건 난데, 아이가 됐다며 방문을 닫고 들어가면 그야말로 멘털이 나간다.

그런데 이상한 건 아이의 짜증 섞인 행동과 말에 내가 과민하게 반응한다는 것이다. 억울함과 서러움이 나를 한꺼번에 뒤덮는다. 나는 나름대로 노력하는데 아이가 짜증 섞인 말을 하면 마음이 금방 무너져 내렸다. 전혀 그런 상황이 아닌데. 아니, 오히려 울면 안 되는 상황인데, 바보같이 눈물이 고이고 만다.

나는 어릴 때부터 울보였다. 누가 조금만 뭐라고 하면 마음의 둑이 무너지면서 내 의지와 무관하게 눈물이 나왔다. 나를 제일 많이 울린 사람은 아빠였다. 아빠가 조금만 야단쳐도 나는 마음이 와르르 무너졌다. 아무리 안 울려고 노력해도 눈에서 눈물이 홍수가 난 것처럼 흘러넘쳤다.

아직도 생생히 기억나는 일이 있다. 가족이 둘러앉아 저녁을 먹고 있을 때였는데, 내가 물을 마시다가 컵을 놓쳤다. 그때 아빠가 정신 똑바로 안 차리냐고, 정신을 딴 데 두고 있으니 컵을 놓치는 것 아니냐고 나무라셨다. 컵을 놓친 것도 민망했는데 아빠한테 큰 소리로 혼나니 그만 눈물보가 터져버렸다. 너무 순식간에 눈물이 고였다. 그리고 밥상 위에 눈물이 뚝뚝 떨어졌다. 밥 위에도 떨어졌고. 내 손등 위에도 떨어졌다. 아무렇지 않게 넘어가고 싶었는데 눈치 없는 눈물은 숨길 수도 없이 줄줄 흘렀다.

밥 먹다가 울면 체한다며 엄마가 다독여도 울음이 잠잠해지질 않는다. 참으려고 할수록 어깨의 들썩임은 더 격해졌고, 입에서도 푸푸 소리가 났다. 숟가락을 쥔 내 손은 "흑흑흑" 하고 울음 참는 소리와 함께 요동쳤다. 나도 울고 싶지 않았다. 나도 뚝 그치고 싶었다. 나도 그치지 않는 울음이 참 야속하기만 했다.

나는 타고난 울보였다. 남들보다 눈물샘이 크고 약한 사람. 남들이 울면 어김없이 따라 울고, 누가 나에게 조금만 뭐라고 해도 눈물이 터지고 말았다. 그런데 어른이 되고 다행스럽게도 울음이 잘 참아졌다. 물론 참아지지 않는 경우도 많았지만.

내가 아이에게 쩔쩔매는 것과 울보인 것은 연관이 있을까? 놀랍게도 있었다. 내가 아이의 짜증 섞인 행동과 말에 과민하게 반응한다는 것은 내가 아이에게 마음의 공간을 너무 많이 내주었다는 증거다. 나는 아이를 사랑하는데 아이는 나를 사랑하지 않는다고 느끼면 마음의 벽이 얇아서인지 금방 와르르 무너진다. 그러니 내가 아이에게 쩔쩔매는 것은 어떤 면에서는 내 마음의 벽이 무너지지 않게 하려는 행동이었을 것이다. 아이의 짜증이 내 울음보를 건드릴까 봐.

아이에게 쩔쩔매는 것은 대부분 엄마의 마음에 문제가 있기 때문이다. 아이가 뾰족하게 행동하고 거칠게 말하면 미성숙한 엄마의 마음이 무너지고 터질 것 같아서다. 사춘기 아이의 짜증과 버릇없는 행동은 부모의 잘못도, 그 누구의 잘못도 아니다. 뇌가 다시 재정립되는 사춘기 시기에는 버릇이 없다. 버릇을 갖추려고 뇌가 요동치는 시기다. 사춘기 아이도 자신의 거친 말과 삐딱한 행동을 자랑스러워하지 않는다. 다만 통제가 안 될 뿐이다. 우리도 그랬을 것이다. 인간은 원래 그런 존재다.

사춘기를 조금 지나자, 나도 예전만큼 아이에게 쩔쩔매지 않는다. 조금은 상처받을 것을 감수하고 아이와 대화를 시도한다. 사춘기 아이는 부탁할 때도 부드럽게 말하지 않고 직설적으로 한다. 예전 같으면 아이의 이런 말에 감정적으로 대응했겠지만, 이제는 이렇게 말한다. "누군가에게 부탁할 때는 부드러운 말로 해주면 좋겠다." 그러면 사춘기 아이도 조금 신경 써서 얘기하려고 노력한다. 다행이다. 아이가 크는 만큼 엄마도 조금 커서 다행이다. 엄마가 크는 만큼 아이도 커서 다행이다.

스불재

스불재란 '스스로 불러온 재앙'을 줄인 말이다. 지금부터 하는 이야기는 얼마 전 내가 내 발등을 찍고선 안절부절못했던, 말 그대로 스불재에 관한 것이다. 내가 컨디션이 안 좋아서 맥없이 초저녁잠을 자다 깨서 거실로 나갔을 때 일이 터졌다. 11시가 조금 넘은 시간이었지만 나는 방금 깬 상태라 정신이 없었다. 그때 아이가 좀비처럼 걸어 나오던 나를 발견하고 이렇게 말했다.

"엄마, 나 앞머리 좀 잘라줘."

아이는 동네 미용실에 가기 귀찮다며 내게 앞머리를 다듬어 달라고 했다.

"엄마가 몸도 안 좋고, 자다 일어나서 컨디션이……."

별다른 기술이 필요한 것도 아니고 앞머리를 조금 다듬어주기만 하면 되니 평소에 흔쾌히 해주던 일이었는데, 그날은 진짜로 정신이 없었다.

"아, 됐어. 다음에 하든가!"

그때, 아이는 내가 제일 듣기 싫어하는 말을 했다. "아, 됐어!" 라는 말이 왜 그날따라 더 도발적으로 들렸는지 모르겠다.

"아니, 넌 왜 엄마 말을 곡해해서 듣니? 언제 안 해준다고 그랬어? 시간이 늦었으니 빨리 준비하라는 거지."

이때 그냥 화내고 안방으로 들어갔어야 했다. 컨디션이 안 좋고 금방 자다 일어났으니 아이의 쌀쌀맞은 말버릇에 머리끝까지 화가 났어도 좋은 말로 "미안해, 오늘은 엄마가 진짜 컨디션이 엉망이다. 내일 해줄게" 하고 마무리를 해야 했다. 아무리 아이가 마음을 후벼파는 말을 했어도 응하지 말았어야 했다. 그날은 그랬어야 했다.

그러나 운명의 신은 가혹했다.

그렇게 나는 살기가 가득한 손으로, 고개를 들라고 두 번이나 말해도 계속 고개를 숙이던 아이의 앞머리를 뭉텅 잘랐다. 사각, 사각, 사각. 앗! 내 손에 쥐어진 머리카락. 이미 일은 벌어졌다.

"엄마, 너무 많이 자른 거 같은데?"

"나, 미쳤나 봐……."

"악, 뭐야? #$#%&%#^$#@%*@!"

도대체 나는 무슨 짓을 한 걸까? 그 정신없는 와중에 앞머리를 왜 자른다고 한 걸까? 나는 왜? 이미 돌이킬 수 없는 사태에 조금 남아 있던 잠도 달아나고 등에서는 식은땀이 맺히기 시작했다. 이럴 때는 방법이 없다. 무조건 잘못을 비는 것이다.

"미안해, 진짜 미안해. 엄마가 제정신이 아닌가 봐. 미안해."

아이는 거울을 보더니 얼굴이 하얘졌다. 화를 내다가, 어이없어하다가, 나에게 손해배상을 청구하겠다고 농담을 하기에 이르렀다. 엄마가 납작 엎드려서 잘못했다고 하니 아이가 마음을 푼 것이다. 그러나 한창 외모에 관심 많을 사춘기 아이의 앞머리를 그 지경으로 잘라놨으니, 아이가 괜찮다고 했어도 내 마음은 냉동실보다 더 추워졌다.

그날 새벽, 나는 편하게 잠들지 못했다. 친구들이 짧은 앞머리를 보고 놀릴 것만 같았고, 엄마의 실수로 친구들에게 놀림을 받은 아이가 나를 원망할 것만 같았다. 시간이 빨리 가기를 빌고 또 빌었다. 솔직한 심정은 내일이라도 마법처럼 아이의 앞머리가 길어서 내 죄책감을 덜어내주길 바랐다. 그러면서 드는 생각은 '그냥 미용실 가서 자르라니까 왜 고집은 부려서. 감당이 안 되면 앞머리를 만들지 말고 그냥 기르라니까 왜 고집은 부려서'였다. 물론 도움은 전혀 안 되는 생각이었다.

그동안 교복만 챙겨주고 등교 준비를 안 도와주고 있었는데, 간밤에 내가 저지른 일이 있으니 드라이어를 준비해서 앞머리를 예쁘게 정리해주었다. 꿈이기를 바랐는데 아이의 짧은 앞머리를 보니 또다시 미안한 마음이 들어서 아이에게 미안하다고 거듭 얘기해줬다. 그랬더니 아이가 이렇게 말했다.

"나는 괜찮다는데, 왜 자꾸 미안하다고 해."

아, 그 순간, 아이에게 정말 고맙다는 마음이 들었다. 사고 친 엄마는 밤새 맘 졸였는데, 이걸 이렇게 쉽게 용서해주다니. 갱년기 엄마는 사춘기 아이의 한마디에 온종일 마음이 뜨거웠다. 나라면 자기 머리 아니라고 싹둑 자른 엄마를 일주일은 미워했을 텐데. 아이가 조금씩 사춘기에서 벗어나고 있는 것일까?

너무도 다행스럽게도 아이는 그날 종일 귀엽다는 소리를 열 번도 더 들었다고, 자기는 귀여운 거 싫다나 뭐라나. 아이에게 그 이야기를 듣는데 왜 코끝이 시큰해졌는지 모르겠다.

힘들 땐 버블티!

사진첩을 정리하다가 아이의 3~4살 때 사진을 발견하고 한참을 들여다봤다. 아이가 3살 때, 나는 둘째 아이를 임신했다. 임신 초기에는 그나마 에너자이저 아이의 뒤를 쫓아다니며 같이 놀았지만, 만삭이 되고부터는 아이의 에너지를 감당할 수가 없었다. 나는 금방 지쳤고, 놀이터에 앉아 있는 것만으로도 힘에 부쳤다. 아이는 엄마의 남산만 한 배 속에 동생이 있다는 것을 알았지만, 그래서 엄마가 자신과 많이 못 놀아준다는 것을 이해해주지는 못했다. 아이는 조금씩 짜증이 늘었고 울음이 많아졌다. 그 당시 아이 사진을 보면 짠한 마음이 들었다. 하지만 다행히 남편과 아이는 세상 둘도 없는 친구였다. 아이는 신나게 놀다

가도 "엄마, 아빠 언제 와?" 하고 물었다. 시간을 몰라도 해가 뉘엿뉘엿 지면 아빠가 올 시간이 가까워졌다는 것을 알았다.

"아빠 언제 와?"라는 말을 열 번쯤 하면 남편이 퇴근하고 돌아온다. 현관문이 열리면 돌고래 소리를 내며 아이는 아빠 목에 매달리고, 남편은 아이를 번쩍 안아주었다. 여기까지는 동화처럼 아름다운 광경이다. 이 짧은 재회의 시간이 지나면 고난의 시간이 기다리고 있었으니, 아이에게 책을 읽어주어야 했다. 책 한두 권 읽어주는 것이 무슨 고난이냐고 할 수도 있겠지만, 아이가 더 이상 책을 가지고 오지 않을 때까지 읽어줘야 했다. 때로는 저녁으로 차려놓은 찌개가 다 식을 때까지 책을 읽어주기도 했다. 아이가 만족할 때까지 책을 읽어주는 일은 너무 힘든 일이었지만, 남편은 한 번도 피곤하다는 이유로, 배가 고프다는 이유로 이 시간을 소홀히 하지 않았다. "아빠, 이제 그만 읽어도 돼~" 하면 그제야 식탁에 앉았다. 남편은 아이를 세상 그 어떤 보물보다도 사랑하고 아꼈다.

또 한 장의 사진은 초등학교 6학년 가을쯤인 것 같다. 아이의 사춘기가 아직은 순했을 때다. 사진 속 남편과 아이는 나란히 길을 걷고 있다. 아이는 아빠에게 뭐라고 얘기하고 깔깔거리며 웃는다. 거리에 온통 아이의 웃음소리로 가득했다. 이 풍경이 눈물 나도록 좋아서, 오래오래 기억하고 싶어서 사진을 찍었다. "나

좀 봐봐!" 하니 아이가 뒤돌아서 나를 향해 웃었다. 가을하늘만큼 아름다웠던 산책길의 풍경이었다. 아이의 웃음소리가 가을하늘에 울려 퍼졌다. 아이의 사랑스러운 사진들을 보는데 나도 모르게 눈물이 핑그르르 맺혔다. 나는 사춘기 아이를 이토록 사랑하는데.

어쩌다 아이의 어릴 적 사진을 발견한 날은 마음이 말랑말랑해진다. 이 마음을 어떻게 아이에게 전할까? 시계를 보니 사춘기 아이가 막 하교했을 시간이었다. 아~ 그렇지. 사랑한다는 말 대신, 힘내라는 말 대신 아이가 좋아하는 버블티를 보내자! 돈을 이체하고 아이에게 카톡을 보낸다. '지금은 당이 필요한 시간! 버블티 한 잔 어때?' 역시 사춘기 아이는 돈에 약하다. 귀여운 이모티콘으로 도배를 해준다. 그래, 그래서 엄마가 돈을 버는 거야. 너한테 이렇게 이쁨받고 싶어서. 눈물이 주르륵 난다.

힘들 때 누군가는 커피 믹스를 진하게 타 먹으면 힘이 난다고 하고, 누군가는 다크 초콜릿 몇 개를 입에 넣으면 순간적으로 기분이 좋아진다고 한다. 사춘기 아이는 쫀득쫀득 떡 같기도 하고 젤리 같기도 한 타피오카 펄이 들어 있는 버블티를 좋아한다. 사춘기 아이가 버블티를 좋아한다는 생각만으로도 나는 아이가 버블티를 마시며 행복해하는 모습이 떠오른다. 아, 이 기분은 뭘까? 아침에 봤는데 또 보고 싶고, 툴툴거리는 목소리가 들리는 것 같고, 장난기 가득한 웃음이 떠오르고. 나는 분명 얼마 전까지 사춘기 아이 때문에 못 살겠다고 울고불고했던 사람이었는데, 이 놀랍도록 갑작스러운 아이에 대한 사랑의 감정은 뭘까?

이런 감정이 들 땐, 망설이지 말고 아이에게 감정 표현을 하자. 아침에 사춘기 아이와 언쟁이 있었어도, 아이의 거친 말투와 반항적인 눈빛으로 상처를 받았다 해도, 이렇게 사랑이 샘솟을 때는 이것저것 따지지 말고 아이에게 사랑한다고 카톡을 보내자. 몇 년간 사춘기 아이를 미워하기만 하다가 갑자기 사랑한다고 말하려니 도저히 닭살 돋아서 못 하겠다면 사랑의 이모티콘이라도 보내자. 용돈도 두둑하게 보내서 나중에 아이가 카톡을 열었을 때 깜짝 놀라게 해주자. 아이를 향한 사랑의 마음이 언제 도망갈지 모르니 마음이 동했다면 지금 당장 보내자.

잠시 뒤, 아이가 귀여운 이모티콘과 버블티 사진을 보내왔다. 한동안 썰렁했던 아이와의 카톡방에 오랜만에 온기가 돈다. 그것이 용돈 때문이라고 해도 하늘을 나는 듯 기분이 좋다. 얼마만에 느껴보는 평화로움인가! 행복감인가! 이렇게 나와 아이는 조금 가까워진 것일까?

4부

오늘 밤에도 어느 집 거실에서는

반려 햄스터

아이가 초등학교 고학년이 되자 햄스터를 사달라고 졸랐다. 아이는 사실 강아지를 키우고 싶었지만, 아파트에서는 절대 동물을 키울 수 없다는 아빠의 단호함에 강아지는 포기했다. 대신 작은 상자에서도 살 수 있는 햄스터를 사달라고 했다. 하지만 아무리 귀여워도 햄스터는 쥐 아니던가. 여러 날 고민하다가 아이에게 동물 키우는 즐거움을 주고 싶기도 하고, 작은 상자 크기의 집에서만 사는 동물은 그나마 괜찮지 않을까 싶어 허락했다. 아이는 햄스터를 데려오기 전, 혼자 햄스터에 관해 공부를 열심히 해서 나에게도 알려주는 열성을 보였다.

딸기가 우리 집에 왔을 때 토끼를 잘못 사 온 것이 아닐까 할 정도로 통통하고 털이 복슬복슬했다. 암수 한 쌍을 데려왔는데 암컷 이름이 딸기, 수컷 이름이 초코였다. 이 두 마리 햄스터가 자꾸 물어뜯고 싸웠다. 암컷 딸기는 조금 덩치가 크고 수컷 초코는 몸집이 작았는데, 햄스터 전문가에게 이유를 물어봤더니 암컷이 너무 덩치가 커서 수컷이 욕구 불만으로 난폭한 성격이 되었을 것이라는 충격적인 얘기를 들었다. 하지만 그건 햄스터들의 문제지, 인간들의 문제는 아니니까 넘어갔다. 그러나 스트레스가 컸는지 수컷은 일찍 하늘나라로 갔고, 아이에게는 다른 집에 분양 보냈다고 얘기했다.

암컷 딸기는 매일 자기를 괴롭히던 수컷이 없어서인지 활기를 되찾았다. 딸기는 순해서 고사리 같은 아이 손에도 가만히 잡혀 있었고, 현관문이 열리고 닫힐 때 소리가 나면 두 발로 서서 가족을 반겼다. 그 모습에 내 집에서 쥐는 절대 못 키운다고 거품을 물던 나도 남편도, 딸기를 예뻐하고 아꼈다. 톱밥이 떨어질까, 먹이가 떨어질까 항상 애면글면했고, 2박 3일 가족 여행이라도 가는 날이면 일주일은 거뜬히 먹을 만큼의 먹이를 쌓아놓고서야 마음이 놓였다.

그런데 그해 겨울, 딸기의 뒷다리가 부러졌다. 아이는 이 녀석을 품에 안고 울면서 동네 동물병원을 돌아다녔다. 햄스터가 너무 작아서 치료를 거부당했다며 아이는 울면서 돌아왔다. 그리고 다리를 절룩거리는 햄스터 곁에서 하염없이 울었다. 그때만 해도 햄스터 전문 병원이 따로 있다는 것도 몰랐다. 거의 죽어가던 딸기는 매일 약을 발라주는 아이의 정성 덕에 부러진 다리가 덧나지 않고 잘 아물었다.

그렇게 2년이 지난 어느 날, 딸기를 들여다보니 눈에 뿌연 것이 끼었다. 얼마 전부터 먹이도 잘 먹지 않고 움직임도 둔해졌다. 아이 목소리가 들리면 자다가도 나와서 톱밥 위를 뛰어다녔는데, 기운이 없이 버둥거리기만 하고 물도 코앞에 갖다줘야 마셨다. 햄스터 수명이 2~3년이라고 하니, 이 증상은 노화가 분명했다.

딸기는 하루가 다르게 살이 마르고 털이 빠졌다. 토끼처럼 하얀 털이 복슬복슬했던 딸기가 금방 태어난 새끼 때처럼 털이 듬성듬성했다. 일회용 안약통에 우유나 비타민제를 녹여 조금씩 입에 넣어 먹였다. 하루하루 사는 게 기적 같았다. 지독히도 더웠던 2015년 여름을 딸기는 털도 없이 맨몸뚱이로 견뎠다. 눈동자가 튀어나올 듯 말랐어도 딸기는 이름을 불러주면 살아 있다고 증명이라도 하듯 버둥거렸다.

그러나 오래 견디지는 못했다. 나뭇잎을 소란스럽게 춤추게 만들던 태풍 고니는 여름의 끝자락과 더불어 딸기도 함께 데리고 갔다. 아침에 깨끗한 톱밥으로 갈아주고 먹이랑 물도 주었는데, 그게 마지막 모습일 줄은 몰랐다. 퇴근하고 습관처럼 들여다 봤는데, 딸기는 차갑게 굳어 있었다. 그리고 학원에서 돌아온 아이가 딸기의 죽음을 봤다.

아이는 그동안 꾹꾹 참아왔던 슬픔을 토해냈다. 그리고 아주 오랫동안 내 품에 안겨 울었다. 아이의 첫 번째 반려 햄스터가 그렇게 죽었다. 아이와 함께 아파트 주차장 근처 큰 아름드리 나무 밑에 묻어주었다. 아이는 그 후로 며칠 동안 햄스터 용품만 봐도 울었다. 그리고 그때 아이는 조금 달라졌다. 아주 미세하게 달라져서 그때는 몰랐지만 말이다.

생각해보면, 그때 아이는 사춘기라는 터널로 들어섰던 것 같다. 죽음이 추상적인 것이 아니라 구체적이고 현실적임을 깨달은 것이다. 햄스터의 죽음은 아이에게 이별을 알게 하고, 슬픔을 알게 했다. 아이는 그렇게 서서히 아이에서 청소년으로 성장하고 있었다. 지금 사춘기 아이가 반려동물을 원한다면 키우기 힘든 것만 생각하지 말고 진지하게 고민해보라고 말하고 싶다. 반려동물은 아이에게 말 상대가 될 수도 있고, 감정을 나눌 수 있는 친구가 될 수도 있다.

실제로 사춘기가 심하게 왔을 때 반려동물을 키우면서 대화하는 기회가 늘었다는 사람이 많다. 반려동물의 순수하고 귀여운 행동이 아이의 분노와 화를 줄어들게 하고, 어색하고 차가운 집안 분위기를 화기애애하게 만들어준다고 한다. 또 반려동물을 집에 들이기 전에 아이에게 책임을 조금 나눠주면, 아이가 생명을 키운다는 게 얼마나 힘든 일인지 알게 된다는 장점도 있다. 오랜 시간이 지나 반려동물이 무지개다리를 건널 때 너무 가슴이 아파서 다시는 동물을 안 들이고 싶지만, 이 과정도 성숙한 어른이 되는 한 걸음이 될 것이다.

어떤 관계

부모와 자식은 서로 미워할 수 있는 관계인가, 아니면 어떤 일이 있어도 절대 미워해서는 안 되는 관계일까? 대부분은 부모와 자식이 서로 미워하면 안 된다고 생각할 것이다. 그런데 왜 안 되는 것일까? 하늘이 정해준 운명적인 천륜이라서? 혹은 같은 핏줄이라서? 그것도 아니면 부모와 자식은 세상 그 어떤 관계보다도 특별하고 축복받은 것이라고 세뇌당해서? 뭐라고 부르든 간에 부모와 자식의 관계는 이상하고 특별하다.

내가 아는 한 무조건적인 사랑으로 맺어진 관계는 종교(종교에 귀의한 경우)에만 있다. 하지만 엄격히 따지면 신과 인간 사이에는 합의가 존재한다. 신을 믿고 따르면 유한한 생명을 가진 인간이 영원한 영혼의 안식을 얻을 수 있다거나, 삼라만상에 대한 깊은 깨달음을 얻을 수 있다거나 하는 것이다. 그러나 종교가 아닌데도 무조건적이고 일방적으로 사랑을 베풀어야 한다고 생각하는 관계가 있으니, 바로 부모와 자식 관계다. 여기서 중요한 것은 부모와 자식이 쌍방으로 주고받는 것이 아니라 부모가 자식에게 그렇다는 것이다.

2015년 '잔혹 동시'라는 새로운 장르를 만든 〈학원에 가기 싫은 날〉[9]을 기억할 것이다.

학원에 가고 싶지 않을 땐
이렇게

엄마를 씹어 먹어
삶아 먹고 구워 먹어
눈깔을 파먹어
이빨을 다 뽑아버려
머리채를 쥐어뜯어
살코기로 만들어 떠먹어
눈물을 흘리며 핥아먹어
심장은 맨 마지막에 먹어

이 동시 한 편으로 많은 사람이 충격에 빠졌는데, 나도 이 동시를 읽고 큰 충격을 받았다. 이 동시는 뉴스에도 나올 정도로 유명해졌다. 그만큼 사회적인 여파도 컸다. 이 시가 처음 공중파를 탔을 때 만나는 사람마다 이 얘기를 했는데, 사람들의 생각은 비슷했다. 학원에 가기 싫은 마음이 저렇게 끔찍하고 잔혹한 상상을 할 정도였다는 것, 이 시가 고작 10살 아이의 글이라는 것, 그리고 가장 고통스럽게 죽이고 싶은 사람이 바로 엄마라는 것이었다.

그런데 시간이 갈수록 이 시에 대한 사람들의 반응은 조금씩 누그러졌다. 어떤 사람들은 아이가 얼마나 학원에 가기 싫었으면 저런 시를 썼겠냐고, 엄마를 잔인하게 죽이고 싶을 정도로 마음이 괴로웠다는 것을 시적으로 표현한 것으로 봐야 한다고 옹호하는 사람들이 나타났다. 나도 여러 사람의 이야기를 들으며 그럴 수 있다고 생각했다.

돌이켜 보면, 나도 어릴 적 부모가 미울 때 온갖 나쁜 상상을 했다. 아이들도 부모에게 스트레스를 받고 부모를 미워할 수 있다. 충분히 그럴 수 있다. 그런데 이 시를 쓴 아이가 내 아이라도 그럴 수 있다고 담담하게 말할 수 있을까? 내 아이가 나를 상대로 저렇게 잔인한 상상을 하는 것을 아무렇지도 않게 받아들일 수 있을까?

만약 아이가 나를 힘들게 한다고 내가 이런 시를 쓴다면 그때에도 사람들은 너그러운 시선으로 봐줄까? 얼마나 아이 키우는 것이 힘들었으면 엄마가 저런 생각을 했을까 하고 이해해줄까? 그렇지 않을 것이다. 어떻게 엄마가, 다른 사람도 아닌 엄마가, 사랑스러운 아이를 대상으로 저렇게 끔찍한 상상을 하느냐고 질타할 것이다. 자신도 똑같은 생각을 했더라도 고개를 가로저어야 한다. 나는 전혀 그런 상상은 하지도 않았다고 해야 한다. 엄마는 그러면 안 되는 사람이라고 말해야 한다. 엄마는 어떤 상황에서도 아이를 위해 희생해야 하며, 그것이 당연하다고 여겨지기 때문이다.

엄마는 그런 사람이다. 아이에게 주고 또 주고, 그래도 더 주지 못해 안타까워하는 존재다. 그래서 저런 시를 쓰려고 해도 쓸 수가 없다. 아이가 말썽을 부려 미워하는 마음이 들다가도, 그 미워하는 마음조차 죄로 느껴질 만큼 아이에 대한 사랑은 크다. 그건 어느 엄마나 똑같다. 그러나 아이가 크면 엄마도 아이에게 사랑받고 싶다. 하필 그 시기가 사춘기다.

아이에게 사춘기가 오기 전까지 엄마와 아이는 하나였다. 그러다 사춘기가 오면 점점 사이가 벌어져 아이가 내 손을 놓고 나중에는 절대 만나지 못할 기찻길처럼 멀어지고 만다. 사춘기 아이와 엄마의 관계는 아직 물음표다. 사춘기가 지나 아이가 어른이 되면 이 관계는 또 달라질 것이기 때문이다. 부모는 사춘기 아이에게 바란다. 부디, 다른 건 다 잊어도 부모가 자신을 얼마나 사랑했는지는 알아줬으면 좋겠다고.

엄마의 말 온도

몇 년 전 일이다. 맑은 하늘에 먹구름이 갑자기 몰려오더니 한바탕 소나기가 내렸다. 안 그래도 저 멀리서 비 냄새랑 먼지 냄새가 나더라니. 남편은 예상하지 못했던 소나기가 너무 반가운 눈치였다. 때마침 호박전을 먹고 있었으니, 그야말로 막걸리 마시기에는 최고의 날씨였다. 창밖에서 미세한 물기가 들이쳤다. 창가에 놓아둔 식물들은 더운 날 분수대에서 노는 아이들처럼 흔들흔들 춤을 춘다. 느닷없이 내린 소나기에 막걸리 마시던 남편도, 비를 만나 춤을 추는 식물도 더 흥이 났다.

하지만 나는 소나기가 내리자 아차 싶었다. 2시간 전 학원 가는 아이가 "엄마, 비 안 올 것 같지?" 하고 묻길래, "어, 밤늦게 내릴 것 같아. 우산 안 들고 가도 돼" 하고 얘기했기 때문이다. 그런데 지금 우산을 들고 나가려니 아이가 학원 수업을 마치고 돌아올 시간이 훌쩍 지났으니 늦은 것 같고, 그저 아이가 귀가하기 전까지 굵은 소나기가 되지 않기를 바랄 뿐이다. 예상대로 딸아이는 현관문을 열고 들어오자마자 투덜거린다.

"아, 엄마! 내가 아까 우산 가져가야 하냐고 물어봤잖아요!"

나는 억울해진다.

"아까는 진짜 비가 안 올 하늘이었잖아. 비 예보도 없었고."

엄마 목소리가 작아지면 반대로 아이 목소리는 높아진다.

"아, 그럼 모른다고 얘기했어야죠!"

하, 기가 막힌다.

"내가 소나기 올 걸 어떻게 아니? 너야말로 핸드폰 그렇게 들여다보더니 비 예보도 안 봤니?"

아이가 들어오기 전 아이를 걱정하던 엄마는 어디로 가고, 소나기를 맞고 온 아이에게 기분 나쁜 말만 골라 하는 고약한 엄마가 되었다. 이렇게 말을 하면서도 내 입을 막고 싶었다. 이런 말을 하려는 것이 아니었다. 그런데 왜 말이 곱게 안 나올까? 책도 많이 읽고, 강의도 수십 개 보고, 명상으로 마음을 다스리는 훈련도 했건만.

소나기 내리는 늦은 오후의 모습만 봐도 누군가는 소나기 내리는 날의 정취에 취하고, 누군가는 귀가하는 딸아이를 걱정하다가 봉변을 당한다. 일상적이지만 감정이 깔끔하지 않은 채로 남아 있을 법한 상황이다. 하지만 나는 이 상황을 글로 쓰며 나와 딸아이의 대화법에 문제가 있다는 것을 알게 되었다. 아이가 나를 공격하려는 것이 아니라 일상 얘기를 하고 있다는 것을, 그냥 엄마한테 투덜거렸다는 것을 깨달았다. 그때 내가 아이의 투덜거림을 들이마시는 숨에 삼키고 이렇게 말했으면 얼마나 좋았을까.

"미안해. 분명 비 예보가 없었는데. 안 그래도 나가려고 했는데 마침 네가 올 시간이라 못 나갔어. 미안해. 그래도 비 많이 안 맞아서 너무 다행이다. 다음에는 엄마한테 전화해, 우산 들고 나갈게." 왜 이 말이 그렇게도 어려웠을까?

세 아이의 아빠이자 커뮤니케이션 전문가인 김범준 작가의 《자녀가 상처받지 않는 부모의 말투》[10]에서 부모가 아이에게만은 좀 져줬으면 좋겠다고 했다. 안 그래도 세상의 많은 벽에 부딪혀 의기소침한 사춘기 아이에게 부모는 '지는 말' 하기에 익숙해져야 한다. 질문으로 말하고 질문으로 대답하는 것이 '지는 말'의 가장 좋은 예란다. 사춘기 아이와 대화하는 것이 어려울 때 이런 문장을 만나면 해답을 얻은 것처럼 눈이 번쩍 떠진다. 자, 그럼 연습해보자!

앞의 상황에서 아이가 우산을 가져갈 것인지 물었을 때, "엄마 생각에는 비 안 올 것 같은데, 네 생각은 어때?" 하고 얘기하면 (책 내용이 맞다면) "나도 잘 모르겠어요. 그래도 우산 챙겨 갈까요?" 하고 사춘기 아이가 말할 테고, 그럼 나는 "그래, 조금 무겁겠지만 우산 챙겨 가렴!" 하면 될 것이다. 그러나 현실은 이렇게 논리적이고 체계적이지 않다는 것이 함정이다. 현실판은 이렇다. "엄마 생각에는 비 안 올 것 같은데, 네 생각은 어때?" 하고 얘기하면 아이는 짜증을 내며 "내가 그걸 알면 엄마한테 물어봤겠어요?"라고 할 것이다.

사춘기 아이와 대화하는 건 여전히 어렵다. 가끔은 아이의 차가운 말투와 무시하는 말에 부모가 상처받기도 한다. 부모라고, 어른이라고 상처를 안 받는 것은 아니다. 안다고, 이해한다고 서운한 것이 덜해지지도 않는다. 오히려 사회에서 만나는 다른 사람보다 사랑하는 아이에게 받은 상처는 더 아프고 오래갈 수도 있다. 다만 사춘기 아이보다 부모가 더 나은 점이 있다면 아이보다 조금 더 견디고 인내할 수 있다는 것이다. 그러니 원하는 답이 안 나오더라도 계속해야 한다. 가끔 아이의 뾰족한 말에 너무 힘들면 아이에게 엄마 마음을 얘기하면 된다. 진심을 담아 최대한 상냥하고 친절하게, 네가 그렇게 말하면 엄마 마음이 너무 힘들다고, 자꾸 눈물이 날 것 같다고.

상대가 아무리 아이라도 이런 마음을 얘기하는 것이 어색하고 부끄럽다. 나도 그랬다. 처음에는 아이와 대화한다고 했다가 나만 줄줄 울었다. 사춘기 아이는 내가 아는 아이 같지 않았다. 어릴 적에 아이는 요구가 분명했고 감정이 밖으로 드러났으니 모를 수가 없었다. 엄마는 아이가 말을 안 해도 무슨 생각을 하는지, 어떤 요구를 하는지 투명 창으로 보듯이 아이 마음을 다 알 수 있었다. 그런데 사춘기가 오니 겉으로 봐서는 아이가 무슨 생각을 하는지, 무슨 감정인지 전혀 모르겠다. 사춘기 아이의 마음은 빅뱅 우주와 같다. 자기 마음을 자신도 잘 모른다. 사춘기가 그런 때인 것을. 너무 당연한데, 엄마인 내가 적응이 안 된 것이다.

사춘기 아이와 대화하는 방법은 간단하다. 부모의 말투를 바꾸면 된다. 무시하지 않고, 무턱대고 혼내지 않고, 강요하지 않고, 아이에게 힘이 되고, 위로되고, 꿈과 신뢰를 주는 그런 말투로. 근데, 이게 간단하다고?

사춘기는 거세게 내리는 소나기 같은 것

아이가 사춘기 절정일 때 아이들만 데리고 베트남 패키지 여행을 갔다. 아빠 없이 부산이나 여수에 가는 것과는 달리 해외여행은 조금 두려움이 있었지만, 나도 아이들도 서로를 믿고 떠난 여행이었다. 패키지 여행이라 다른 사람들과 우르르 몰려다니며, 구경하라면 구경하고 먹으라면 먹고 자라고 호텔에 내려주면 씻고 유튜브를 보거나 잠들었다.

그런데도 국내가 아닌 해외라는 들뜸과 흥분 때문인지 알람이 울리기 한참 전에 눈이 뜨였다. 아이들은 아직 곤히 잠들어 있는 새벽, 나는 용기를 내서 호텔을 나와 새벽안개가 낀 베트남 거리를 걸었다. 오토바이 물결을 뚫고 이 거리, 저 거리를 걷다가 사막의 오아시스처럼 노상의 커피숍을 만났다. 베트남 사람들은 불편해 보이는 작은 의자에 옹기종기 앉아 말도 없이 작은 컵에 든 에스프레소를 마시고 있었다. 당장이라도 가게 안으로 들어가 나도 "커피 한 잔 주세요" 하고 말하고 싶었지만, 차마 용기가 안 나서 그냥 뒤돌아 호텔로 왔다.

그리고 그다음 날 또 비슷한 시간에 잠이 깼다. 어제와 같이 호텔로 나와 새벽안개가 낀 베트남 거리를 조금 걷다가 어제 그 노상의 커피숍으로 들어갔다. 그리고 어설픈 영어로 커피 한 잔 달라고 했다. 주인아저씨가 묻는다. "핫? 아이스?" 하하하, 이 정도는 대답할 수 있지. "핫 원, 아이스 원!" 했더니 빙긋 웃더니 커피 두 잔을 준다. 나도 베트남 사람들과 같이 불편한 의자에 앉아 도로를 지나는 오토바이를 태평하게 바라보며 커피를 마셨다. 그 커피 맛을 과연 무어라고 말할 수 있을까? 에스프레소는 처음 마시는 것인데 쓴맛은 전혀 없고 달콤한 뒷맛이 아주 매력적이었다.

그리고 여행의 마지막 날은 여행지를 돌다가 저녁 비행기를 타고 인천으로 가는 코스였다. 나는 그날 아침 평소보다 조금 일찍 일어나서 노상의 커피숍으로 갔다. 어제와 마찬가지로 핫 원, 아이스 원. 불편한 의자에 앉아 커피를 홀짝이는데 갑자기 눈앞이 뿌예지면서 요란한 빗소리가 들렸다. 스콜이란다. 비가 올 것 같지도 않았는데 갑자기 눈앞에서 스콜을 만나니 황당하면서도 놀라웠다. 스콜은 오토바이를 멈추고 지나는 사람들의 걸음을 멈추게 했다. 나는 그 광경을 보고 있었는데 느닷없이 눈물이 흘렀다. 눈물이 스콜처럼 내 볼을 타고 주룩주룩 흘렀다. 그렇게 스콜과 함께 나도 울었다. 그러다 울음을 채 정리도 못 했는데 갑자기 스콜이 그쳤다. 금방 눈앞에서 거세게 내렸는데 거짓말처럼 그친 것이다.

여행을 떠나오기 전 나는 사춘기 아이와 매일 감정적으로 부딪히며 힘들었고 몇 개월 전 작은아이의 큰 사고로 마음이 약해진 상태였는데, 베트남에서 그 새벽 갑자기 내린 스콜을 본 순간 힐링이 되는 것 같았다. 스콜이 내릴 때는 세상이 다 잠길 것 같은 기세였는데, 구름이 걷히니 내가 아이들을 키우며 힘들었던 순간이 떠올랐다. 그리고 낯선 이국땅에서 낯선 사람들과 앉아 있는 것만으로도 위로받았다.

생각해보면 대학에 들어간 이후로 사회에 적응한다고 나름 열심히 살았다. 그리고 한 남자를 만나 결혼하고 아이를 낳고 정신없이 키웠다. 좋았던 적도 많았을 텐데, 지나간 시간을 생각하면 언제나 아등바등하고 힘들었던 기억만 나서 자꾸 마음이 짠해진다. 돈 번다고 힘들었고, 결혼한다고 힘들었고, 육아한다고 힘들었고, 산후 우울증으로 힘들었고. 그런데 아이의 사춘기가 오니, 괜찮지 않았지만 괜찮을 것이라고 덮어두었던 마음을 아이가 들추어냈다. 사랑받고 싶다는 마음, 제대로 인정받고 싶은 마음, 지금까지 잘했고 앞으로도 잘할 것이라고 위로와 응원받고 싶은 마음 등등.

그 마음들은 오래전부터 그곳에 있었다. 그래서 열심히 살았다. 열심히만 살면 누군가가 보상해줄 것 같았다. 그러나 이런 마음은 열심히만 한다고, 기다리기만 한다고 오는 것이 아니라는 걸, 사춘기 아이와 갈등을 겪으며 고민의 시간이 길어지면서 깨달았다. 내가 그 마음 쪽으로 움직여야 한다는 걸, 아이처럼 나를 좀 봐달라고, 내 얘기를 들어달라고 소리쳐야 한다는 걸 알았다.

사춘기는 아이에게만 중요한 시기가 아니다. 엄마에게도 중요한 시간이다. 특히 어릴 적 사춘기를 제대로 겪지 않았던 엄마에게는 더욱더. 인생이란 무엇인가? 가족이란 무엇인가? 아이는 내게 어떤 존재이며 의미인가? 사랑과 행복은 무엇인가? 나이 듦은 무엇이며 어떻게 늙어야 하는가를 고민하는 시간이다. 이런 고민 없이 갱년기를 지나고 노인이 되면 얼마나 슬픈 노후가 될 것인가?

사춘기는 곧 지날 것이다. 내가 베트남 새벽에 만났던 스콜처럼. 아이가 속으로만 앓고 내색하지 않는 사춘기였다면, 아이도 나도 서로를 이해하려고 이토록 수많은 날갯짓을 하지 않았을 것이다. 그러니 아이가 엄마에게 반항하고 쌀쌀맞게 굴고 크고 사소한 일로 부딪힌다면 잠시 소나기를 피하며 그치기를 기다리는 것도 좋다. 기다리는 동안 향긋한 커피 한 잔 마시는 여유를 잊지 마시길.

너는 내 운명

아이가 사춘기 절정일 때, 나도 오춘기를 겪었다. 갑자기 변한 아이의 행동에 나도 상처를 많이 받았고, 그러면서 내 안의 미숙한 자아와 마주 보았다. 그건 생각보다 고통스러운 일이었다. 애써 어른인 척 살았는데 다 자라지 못한 내 안의 아이를 깨워 뒤흔드는 것 같았다. 미성숙한 내 모습은 되도록 안 보고 싶었다. 불혹이 지난 나이에도 아직도 흔들리고 휘청거리는 모습은 누구에게도 보여주지 않고 싶었다.

어떤 일이 저만치 앞에서 나를 기다리고 있었다. 나는 조만간 그 일이 내게 일어나도록 되어 있다는 것을 알지 못한 채, 한 걸음 한 걸음 그것을 향해 다가갔다. 그것이 사라쌍수 아래서 인도의 도둑처럼 눈을 빛내며 내가 다가오기를 기다리고 있었다. 하지만 나는 아무것도 모르고, 온통 다른 일들에만 정신이 팔려 있었다.

누구에게나 그런 순간이 한 번쯤 찾아오고야 마는 것이니, 그 일이 일어난 뒤에야 비로소 그것이 오래전부터 그 시간과 그 장소에서 자신을 기다리고 있었음을 알아차리게 된다. 그것은 하나의 숙명과도 같은 것이어서, 그 일을 경험하고 나면 누구도 이전의 자신으로 되돌아갈 수가 없다.

류시화 시인의 《지구별 여행자》[11]에 나오는 한 구절이다. 이 문장은 마치 눈을 따라 움직이는 신비한 그림처럼 언제, 어느 때 읽어도 그때의 나를 향해 얘기하는 것만 같았다. 남편과 연애하고 결혼할 때는 이 남자를 만나고 결혼까지 할 운명이었다고, 아이들을 낳았을 때는 이 아이들이 다른 누구도 아닌 내게로 온 것이 숙명이었다고, 우리는 기억하지 못하지만 오래전 만날 것을 기약한 인연이었다고 말하는 것 같았다.

물론 이 문장은 류시화 시인이 나를 위해 쓴 것이 아니다. 인도 여행을 하면서 만난 운명적인 사람들과 여러 가지 일들로 얻은 삶의 깨달음을 적은 책이다. 그러나 《지구별 여행자》라는 책

제목이 그러하듯이, 지구라는 별에 온 사람들은 모두 이 책에 나오는 주인공이다. 나도 그렇고, 내 마음을 몰라주고 차갑게 구는 아이도 그렇고, 실은 이미 오래전에 미리 부모와 자식으로 만날 것을 기약한 사람들이었다는 이 문장을 몇 번이나 소리 내서 읽었다.

우연이 아니라 우리가 이렇게 가족이 되어 다시 만나는 것이 숙명이었다는 생각은 내가 사춘기 아이를 더 이상 힘들어하지 않게 된 계기가 되었다. 그리고 이맘때쯤 본 영화 한 편으로 운명론적인 생각은 더욱 굳어졌다. 영화 〈컨택트〉는 지구에 갑자기 나타난 비행 물체에 탑승한 외계 생명체가 왜 지구에 왔는지 언어 전문가인 주인공이 알아가는 과정을 그린 SF 영화다. 그러나 이 영화는 외계 생명체와의 접촉 이외에도 아주 중요한 의미를 담고 있는 주제가 있었는데, 바로 아이에 대한 엄마의 사랑이다. 주인공은 꿈인지 기억인지 모르는 영상에서 어린 딸의 성장 과정과 청소년기 모습을 보는데, 놀랍게도 그 아이는 병으로 죽어가고 자신은 아픈 아이를 보며 슬퍼했다.

어떻게 주인공이 자신의 미래와 태어나지도 않은 딸아이의 죽음까지도 볼 수 있었는지는 여기서 밝히지 않겠다. 중요한 것은 주인공이 사랑하는 아이가 병으로 죽는다는 사실을 알았을 때 어떤 선택을 하느냐는 것이다. 이 장면부터 마음속에서 뭔가 가 터졌고 덩달아 내 눈물샘도 터졌다. 주인공은 미래를 알면서도 아이와 만나는 미래를 선택한다. 아이를 너무 사랑하는 주인공은 그 아픈 기억을 안고서 다시 아이에게 가서 사랑을 주고 싶은 것이다.

사춘기 아이가 내게 모질게 대하고 차갑게 군다고 미워했던 나는 그 영화를 보며 참 많이 울었다. 아이가 미웠던 건 내가 아이를 사랑하는 만큼 더 많이 상처받고 실망했기 때문이다. 사춘기 아이로 인해 마음이 말랑말랑하던 시기였으니, 이 책과 영화는 더 가슴속에 파고들었다. 나도 사춘기 아이와 투덕거리는 일상을 보내며 매일마다 눈물이 날 정도로 힘들었지만, 주인공처럼 이 과정을 다 알았다 해도 다시 아이와 만나고 사랑할 것이다.

내가 이렇게 아이를 사랑한다는 사실을 깨닫는 것과 상관없이 사춘기 아이는 여전히 힘들다. 집에 들어오면 자기 방에 들어가 혼자만의 세계에 빠져들고, 묻는 말에 짧게 대답하고, 차갑고 쌀쌀맞게 굴 것이다. 하지만 나는 이전의 내가 아니다. 사춘기 아이가 더는 밉지 않다. 게다가 사춘기는 시간이 지나면 점점 사라지니 영화처럼 슬픈 결말이 아니다. 이것이야말로 소설이나 영화보다 현실이 좋은 이유다. 현실에는 극적인 사건도 없고 감동적인 결말도 없지만, 대신 사춘기 아이와 갱년기 엄마는 매일 소소한 행복을 느끼며 살고 있으니 말이다.

아이의 사춘기는 부모도 다시 태어나게 한다

아이가 사춘기를 겪으면서 우리 부부도 다시 새롭게 태어났다. 전에는 나에게 이런 생각이, 마음이, 인생관이 있었는지 미처 몰랐는데, 애교가 뚝뚝 떨어졌지다가 쌀쌀맞게 변한 아이를 대하면서 깨달았다. 그러니 다시 태어났다고 해도 과언이 아니었다.

사춘기를 겪는 아이의 이야기만 적어도 두꺼운 벽돌 책이 나오리라 생각했지만, 막상 아이의 진상 짓을 얘기하려니 항상 결론은 부모의 무지나 지나친 관심 혹은 어설픈 착한 부모 코스프레 탓으로 마무리가 되었다. 쓰면서도 이게 맞나 싶었다. 그러나 사춘기 아이와 함께 사는 것이 유난히 힘든 데는 또 다른 원인이 있을 것이다. 그래서 아이의 어릴 적 이야기를 해보려고 한다.

아이가 태어나던 날, 신생아실로 아이를 보러 간 남편은 조금 놀란 얼굴로 병실로 돌아왔다. 아이가 생각했던 것보다, 예상했던 것보다 못생겼다는 것이다. 나는 너무 어이가 없으면서도 은근히 부아가 나서, 무슨 근거로 그렇게 얘기하냐고 물었다, 그랬더니 "잡지나 언론에서 아이는 하얗고 뽀송하고 예쁘던데"라고 말했다. 그건 태어나고 며칠 지난 아기들이고 밝고 환한 조명 때문이라고, 그러니 열 달 동안 따뜻한 양수에서 평화롭게 둥둥 떠다니다가 이제 막 지구에 도착한 만 하루짜리 아이와는 비교하면 안 된다고 말했다.

그러나 나도 신생아를 처음 보는 거라서 막 태어난 아이의 모습을 뭐라고 표현할 수 없었다. 터질 것 같았던 배는 다행히 터지지 않고 잘 견뎠고, 그 커다란 배 속에서 아이는 무럭무럭 자랐으며, 우렁찬 울음소리로 건강함을 증명하며 우리 부부의 첫 신생아가 되었다. 잠투정이 너무 심해서 계속 업어서 재워야 했고 잘 먹지 않아서 끼니때마다 전쟁을 치렀지만, 남편의 우려와는 달리 아이는 예쁘고 애교쟁이로 자랐다. 이것이 아이 키우는 즐거움이구나, 행복이구나, 했다.

남편은 퇴근하고 품 안으로 달려오는 아이를 위해 저녁 식사를 미루고 무릎에 앉혀 아이가 만족할 때까지 동화책을 읽어주었다. 책을 좋아하는 아이는 온종일 나와 읽었던 책도 아빠에게 가져가서 읽어달라고 했다. 아빠의 중저음 목소리로 듣는 동화는 다른 내용으로 들리는 것일까? 그렇게 그 행복이 오래 지속될 줄 알았다.

그러나 아이가 초등학교 고학년이 되자 말수가 줄었고, 중학생이 되고는 그동안 알던 내 아이가 아닌 옆집 아이가 아닐까 싶을 정도로 낯선 존재가 되었다. 그나마 엄마인 나하고는 투덕거리더라도 어색한 사이는 아니었는데, 아빠하고는 마주 앉아 있는 시간이 없으니 가끔 저녁 식사라도 같이 하는 날에는 이 두 사람이 아빠와 딸이 맞나 싶을 만큼 어색하고 불편했다.

사춘기 아이를 잘 키우는 방법을 다룬 책을 여러 권 읽은 나는 이때가 대화하기 가장 좋은 타이밍이라는 것을 알았다. 그래서 아이에게 이런저런 질문을 하며 대화를 시도했다. 다행히 아이는 질문에 최대한 길게 대답하려는 모습을 보였다. 그러나 아빠는 아이의 신조어를 거의 알아듣지 못했고, 얼핏 듣기에는 욕처럼 들리는 말에 기어이 제동을 걸었다. 나는 이쯤에서 한숨을 쉰다. 아빠가 아이의 말을 중간에 끊으면 아이가 "아, 제가 실수했어요. 학교에서 친구들하고 사용하던 신조어와 거친 용어를 사용했네요. 안 쓰도록 노력할게요" 할 줄 알았던 걸까?

이 글을 읽는 부모들은 알 것이다. 그 이후 우리 가족의 저녁 식사 모습이 어떠했을지. 아이는 말을 줄이고 뚱한 표정으로 밥을 급하게 먹고 자기 방으로 가버렸고, 남편은 아이가 예의 없고 자기에게 반항한다고 생각해서 기분 나빠했다. 왜 사랑하는 사람들이 이렇게 마음을 닫아버린 것일까?

남편은 스스로 자기 통제를 잘하는 사람이라고 생각했다. 하지만 아주 제한적인 조건에서만 가능했다. 밖에서 만나는 사람들은 피할 수도, 싸울 수도 있지만 매일 얼굴을 보는 가족에게는 통하지 않는 능력이었다. 이 능력은 유연하지 못한 특성이 있어서 오히려 자신을 더 힘들게 만들었다. 아이의 사춘기로 남편의 우울함이 시작되었다.

아이가 사춘기 시기를 겪지 않았으면 남편은 자신에게 이런 감정이 있다는 걸 모르고 살았을지도 모른다. 아이와 전혀 예상하지 않았던 어떤 일이 생겼을 때, 그 순간에 자기가 어떤 행동과 말을 할지 스스로가 놀라기도 하고 실망하기도 했다. 그런 일이 쌓이면서 조금씩 아이를 대하는 방법을 배우고 사춘기라는 새로운 세상을 이해했다. 너무 갑자기 커버린 아이 때문에 수많은 날을 울고불고 지냈지만, 한편으로는 아이를 더 많이 생각하고 이해하고 적응하는 시간이 되었다. 물론 아직도 힘든 시간은 진행 중이지만.

엄마는 저절로 되는 줄 알았다

아이의 사춘기가 절정일 때 나는 매일 눈물 바람이었다. 아이의 쌀쌀맞고 차가운 행동과 말에 마음 깊숙이 서운함이 밀려오고 눈물샘이 터지고 만다. 특히 아이의 어릴 적 사진이나 영상을 볼 때면 그때가 너무 그리워서 굵은 눈물이 뚝뚝 떨어졌다. 엄마의 기억에는 호기심이 많아서 온종일 질문을 하고, 읽은 책을 또 읽어달라고 하던 애교쟁이 아이 모습 그대로인데, 엄마에게도 마음을 다 내주지 않는 사춘기 아이는 아무리 시간이 지나도 적응이 되지 않았다. 매번 아이의 행동과 말에 화가 나고 서운함이 쌓였다.

아이가 어릴 때도 육아는 힘들었다. 잠투정도 심했고 잘 먹지 않아 툭하면 폐렴에 걸렸고, 잘 낫지 않아서 병원에 입원하기도 했다. 작은 손등에 링거 바늘이 꽂힐 때 아이가 울면 아이를 안고 있는 나도 같이 울었다. 잠들어 있는 아이 손을 잡고 매일 울었다. 아이가 아프면 엄마는 아이보다 더 아프다. 내가 아이 대신 아팠으면 좋겠다는 생각이 하루에도 몇 번씩 들었다. 아이가 입원하면 엄마도 자연스레 먹는 것도 시원치 않고, 병원 보조 침대에서 일주일 정도 지내다 퇴원하면 그야말로 몸이 천근만근이다. 종일 자고 싶은 생각이 굴뚝같지만, 육아에 쉬는 시간이란 없다. 엄마가 자신의 인생을 그만큼 허물어 아이에게 주면, 아이는 엄마가 주는 사랑만큼 성장하는 법이다. 그러니 엄마는 쉴 수가 없다.

아이가 초등학생이 되면서 조금 여유로워지고 편해졌지만, 그 시간은 너무 빨리 지나갔다. 초등학교 고학년이 되자 아이의 눈빛이 변하고 분위기가 바뀌었다. 사춘기가 온 것이다. 아이는 하루가 다르게 자기만의 세상으로 스며들었지만, 나는 아직도 준비만 하고 있었다. 처음에는 작은 일로 마찰이 생기고, 나중에는 일상의 모든 일에서 부딪혔다. 아이의 사춘기가 본격적으로 드러났을 때, 일상은 언제 깨질지 모르는 살얼음판이었다.

했으면 좋겠다는 것은 안 하고, 안 했으면 좋겠다는 것은 했다. 아이를 앉혀두고 타이르고 설득하고 회유하다가, 나중에는 조건을 붙이고 그것도 안 지키면 혼을 냈다. 아이에게 사춘기 기운이 충만할 때는 혼을 내도 소용이 없었다. 부모만 열받아서 아이 앞에서 소리 지르고 있고, 아이는 눈 부릅뜨고 그런 부모를 쳐다보고 있다. 아이의 그런 모습에 부모는 더 이성을 잃고 절대 하지 말아야 할 행동과 말을 하고, 후회하고 사과하고, 또 같은 상황이 반복되고…….

그 당시 내가 제일 두려운 것은 반응하지 않는 아이와 대면하는 일이었다. 부모를 두려워하지 않는 아이의 눈빛을 보면 아이가 나를 무시한다고 생각했다. 엄마는 뭐가 그렇게 잘나서 나한테 이런 얘기를 하냐고 하는 것 같았다. 아무 감정 없는 표정으로 지켜보는 아이를 보고 있으면 밤잠 못 자고 애지중지 키우던 내 아이가 아닌 것 같았다. 사춘기 아이를 생각하면 그런 마음이었으니, 지금도 그때를 떠올리기만 해도 나도 모르게 눈물이 고이고 만다.

왜 그때는 그 모든 것이 힘들었는지 잘 모르겠다. 명령어를 집어넣으면 그대로 행동하는 로봇처럼 아이를 키우고 싶었던 것일까? 아니면 아이가 성장 과정도 거치지 않고 곧바로 엄마와 아빠를 이해하는 어른이 되기를 바랐던 것일까? 아이의 사춘기는 애벌레에서 나비가 되기 전 번데기 시절이다. 번데기는 한 장소에서 오랜 시간을 견뎌야 한다. 그래야 나비로 성장한다. 자신도 번데기 안에서 답답하고 힘든데 부모까지 채근하니, 얼마나 힘든 시간이었을까?

아이도 그때가 제일 힘들었다고 한다. 자기도 자기 마음을 잘 모르겠는데, 그냥 놔두었으면 좋겠는데, 부모는 매일 자기한테 왜 그러냐고 묻는다. 부모는 그냥 모른 척 지나가줬으면 하는 일도 꼭 끄집어내서 윽박지르고 혼자 속상해서 울고 있으니, 아이 마음에도 그 시절은 참 퍽퍽한 기억들로만 채워졌을 것이다.

나는 아이가 태어나면 친구 같은 엄마가 되리라 다짐했다. 이게 그렇게 어려운 일이라고는 전혀 생각하지 못했다. 엄마와 딸이 친구 같은 관계가 되려면 아이가 성인이 되어야 가능하다는 걸 몰랐다. 내가 엄마가 되기 전에는 아이가 어른으로 성장하는 과정은 아주 잠깐일 거라고 생각했다. 솔직히 사춘기 과정이 이렇게 길고 힘들 것이라고는 상상도 못 했다. 나는 지랄맞은 사춘기를 지냈지만 내 아이의 사춘기는 힘들이지 않고 휘리릭 지나가리라 생각한 것이다. 내가 하면 로맨스요 남들이 하면 꼴불견이라더니, 내가 꼭 그 짝이었다.

아이가 어릴 땐 산후 우울증으로 힘들었다. '아이는 너무 이쁘고 사랑스러운데 엄마인 나는 왜 이렇게 힘든가? 나는 모성애가 부족한 엄마인가?' 하고 자기 학대를 많이 했다. 6살, 3살 아이들을 겨우 재우고 거실로 나와 한참 울었다. 어질러진 장난감을 치우면서도 울고, 급하게 찬물에 밥을 말아 먹으면서도 울었다. 그 땐 산후 우울증이라는 것도 몰랐다. 온종일 아이들 뒤를 따라다니며 뒤치다꺼리를 하다 보면 몸과 마음이 지치고 힘들었다. 두 아이를 키우느라 몸이 힘든 건 이해가 가지만, 마음이 힘든 건 모성애가 부족하거나 아이를 덜 사랑하는 것이라고 생각했다. 그러니 힘들어서 눈물을 줄줄 흘리면서도 그 모습조차 부족한 엄마인 것을 티내는 것 같아 남편에게도 들키지 않게 혼자 울었다.

그때부터였다. 아이를 업고 책을 읽은 것이. 도서관에 가서 아이들 책만이 아니라 내가 읽고 싶은 책도 여러 권 빌렸다. 그리고 아이들이 잘 때 그 옆에 엎드려 책을 읽었다. 책을 읽으면 나는 다른 세상, 다른 시대에 갈 수 있었다. 때로는 다른 인물이 되기도 했다. 책을 읽으면서 우울증이 조금 좋아졌다. 나를 자학하는 것도 줄어들었다.

물론 주변을 돌아보면 아이를 키우는 것이 너무 즐거운 엄마도 있고, 힘든 육아로 몸은 지치지만 예쁘고 사랑스러운 아이들을 보면 힘이 나고 행복한 마음이 샘솟는 엄마도 있다. 그런 엄마는 축복받은 것이다. 나처럼 아이들이 아닌 다른 무언가로 위로받아야 하는 사람들은 그런 엄마들이 부럽다. 그러나 아이를 사랑하는 마음은 다르지 않다. 그건 확실하다.

저절로 되는 건 하나도 없다. 내가 무엇인가를 원한다면 그만큼 애를 써야 한다. 친구 같은 엄마가 되고 싶다면 내가 그만큼 애를 써야 가능하다. 아이들이 어릴 땐 어려서 힘들고, 아이가 크니 사춘기 때문에 힘들다. 힘들다는 건 내가 뭔가를 하고 있다는 것이고, 그만큼 잘하고 있다는 뜻이다. 미성숙한 한 인간이 또 다른 인간을 제대로 만들어내는 것이 쉬울 리가 없기 때문이다.

사춘기 아이 때문에 엄마가 울고 있다

어느 날 갑자기 아이가 변했다. 이것은 갱년기 엄마에게 일어난 최대의 혼란이자 위기다. 애교 많고 호기심이 많아서 질문이 쏟아지고 착하고 말 잘 듣던 아이가 하루아침에 완전히 다른 아이가 되었다. 아이는 매년 가족과 같이 가던 여름휴가를 가고 싶지 않다고 하고, 외식을 가자고 해도 기분이 내키지 않으면 혼자 집에 있겠다 하고, 주말에는 거의 방에만 처박혀 있고, 부모가 하는 말에 반응도 안 하고, 가끔 부모에게 하는 말에는 가시가 잔뜩 돋쳐 있다. 처음에는 이게 무슨 일인가 싶어서 아이를 혼내기도 하고, 구슬리기도 하고, 협박과 회유를 해보기도 했다. 그런데 무슨 방법을 써도 아이는 부모와 멀어지려고 작정한 사람처럼 행동했다.

이 변화를 처음 감지한 순간부터 엄마는 아이 때문에 혼자 숨죽여 울기 시작한다. 그동안 아무렇지 않게 해왔던 모든 일이 방지턱에 걸린 듯 힘들어지기 시작한다. 씻고 먹고 자는 것부터 부모 마음대로 안 된다. 이때 비로소 아이 키우는 것이 시작되었다고 느낀다. 아이가 어릴 때 똥 기저귀 갈고, 잠투정 받아주고, 이유식 해 먹이는 건, 사춘기에 비하면 일도 아니었다.

엄마는 이해할 수가 없다. 왜 아이는 엄마에게 적대적으로 행동할까? 자기를 위해서라면 목숨마저도 내줄 것을 알면서 왜 조금 더 친절하고 배려심 있게 말하고 행동할 수 없을까? 왜 엄마도 상처받고 힘들다는 걸 모를까?

아이에게 상처받은 날, 가족이 모두 잠든 거실에 혼자 우두커니 앉아 달빛에 비친 그림자를 바라보다가 그동안 참았던 울음을 쏟는다. 가족이 깨지 않게 조용히 두 손에 얼굴을 묻고 울고 또 운다. 엄마를 깊은 밤 어두운 거실에서 혼자 울게 하는 이유가 자신이 가장 사랑하는 아이 때문이라니. 아이를 임신해서 낳고 키우는 모든 날이 다 힘들었어도 아이를 사랑하는 마음은 변하지 않았는데, 진짜 다 변했어도 그 마음 하나만은 변하지 않았는데, 왜 정작 아이는 이런 엄마 마음을 몰라주는 걸까?

그러다 문득 엄마는 내 아이를 외계인이 납치해 가고 전혀 모르는 아이를 우리 집에 두고 간 것이 아닐까 하는 생각이 들었다. 내 아이가 변한 것이 아니라 취향이 다른 아이가 온 것이다. 그러니 아이는 부모에게 반항하는 것이 아니고, 유치한 워터파크는 별로 안 좋아하고, 시끄러운 장소에서 식사하는 것을 싫어하고, 혼자 조용하게 독서나 게임을 즐기며 짧은 단답형으로 말하는, 그런 취향을 가진 것이다.

이 엉뚱한 생각은 사춘기 아이를 이해하고 그에 적응하는 데 의외로 아주 좋은 방법이었다. 아이에서 청소년이 되는 과정이 서서히 진행되는 게 아니라 어느 날 갑자기 새로운 인격체로 다시 태어나는 것으로 생각하면 사춘기 아이가 얼마나 혼란스러운 현실을 살아가고 있는지 조금은 이해할 수 있을 것 같았다.

상상력을 조금 더 발휘하자. 아이가 어느 날 아침 눈을 떠보니, 세상이 다르게 보이고 생각이 달라졌다. 아이 입장에서는 더 이상 유치한 옷을 입을 수가 없고, 아이 취급하면서 이래라저래라하는 것을 참을 수가 없으며, 하기 싫은 공부는 왜 자꾸 하라고 강요하는지 이해할 수 없고, 웃기 싫은데 안 웃으면 화났냐고 묻고, 조금만 무뚝뚝하게 말하면 뭐가 불만이냐고 묻는다. 내가 왜 태어났으며, 어떻게 살아야 하는지 아직 전혀 감도 못 잡았는데 다 자란 성인처럼 행동에 책임을 져야 한다고 얘기한다.

흔히 하는 말 중에 '지랄 총량의 법칙'이 있다. 사람마다 인생을 살면서 지랄하는 시간이 정해져 있다는 의미다. 우선 '지랄'이라는 단어가 참 거슬렸다. 많이 쓰는 말이지만 정확한 뜻을 몰라서 찾아봤다. 지랄은 '마구 법석을 떨며 분별없이 하는 행동을 속되게 이르는 말'이다. 의미를 알고 나니, 이 행동은 사춘기 때 하는 것이 맞다고 생각했다. 사춘기 시기가 없이 어른이 되면 지랄을 하고 싶어도 못 한다. 뭐, 나이 들어서도 꾸준히 하는 사람도 있긴 하지만.

사춘기 아이가 마구 법석을 떨며 분별없이 하는 행동을 곁에서 보고 있으면 처음에는 아이에게 화가 나고 나중에는 엄마인 내가 뭘 잘못했을까 하고 스스로 화가 난다. 인생을 통틀어 아이만큼 정성을 쏟고, 희생하고, 사랑을 준 사람이 없었는데, 어느 힙합 가수의 노랫말처럼 젊음을 갈아 넣어 애지중지 키우고 있는데, 그 아이가 내게 적대적인 행동과 말을 할 때는 그 무엇으로도 치유가 안 될 만큼 마음에 상처받는다. 진짜 마음에 바르는 후시딘이라도 있으면 잔뜩 바르고 싶을 만큼 마음이 아팠다.

오늘 밤에도 어느 집 불 꺼진 거실에서는 사춘기 아이 때문에 상처받은 엄마가 흐느껴 울고 있을 것이다. 내가 그랬듯이. 내가 달빛이라면 그 엄마의 어깨를 지그시 안아주고 싶다. 등을 토닥토닥 만져주고 싶다. 그리고 같이 울고 싶다. 그리고 이렇게 말해주고 싶다. 당신은 잘하고 있다고, 사춘기 아이도 그런 마음이 아닌데 말과 행동이 예쁘게 안 나온 것이니 마음에 담아두지 말라고.

엄마가 아이를 사랑하는 마음만 변치 않는다면, 엄마가 언제나 진심으로 아이를 대하며 기다려주기만 한다면, 어느 날 사춘기를 찐하게 겪은 아이가 울고 있는 엄마의 등을 안아줄 것이다. 그리고 자신을 기다려준 엄마의 사랑과 고마움을 알게 될 것이다.

에필로그

중학생이 되고 시작된 아이의 사춘기는 천천히 온 것이 아니라 처음부터 무시무시한 태풍처럼 다가왔다. 아이의 반항적인 눈빛과 거친 말투와 예의 없는 행동으로 마음을 다친 나는 가족이 모두 잠든 새벽, 거실 구석에 앉아 울며 그 시간을 견뎠다.

아이의 사춘기가 절정일 때는 아이가 학원을 마치고 귀가할 시간이 되면 가슴이 뛰고 불안해졌다. 불만 가득한 아이의 얼굴을 보는 것이 너무 두려웠다. 사춘기 아이는 내게 빚을 받으러 온 사람 같았다. 아이가 무슨 가시 돋친 이야기를 할지 몰라 눈치를 봤고, 동시에 아이의 눈치를 보는 나 자신이 못 견디게 싫었다. 또 사춘기 아이에게 잔소리 비슷한 말을 할까 봐 아이가 방에서 뭘 하는지 보지 않으려 했고, 어쩌다 아이와 다툼이 생기면 집안 분위기가 싸해지는 것도 싫었다.

내가 사춘기 아이를 이렇게 두려워했던 이유는 놀랍게도 아이를 무척 사랑했기 때문이다. 아이가 화내는 모습을 보는 것이,

아이에게 실망하는 내 모습을 보는 것이 너무 슬프고 가슴이 아팠다. 그때 내가 사춘기 아이에게 제일 많이 한 말은 “엄마는 언제나 너를 도울 준비가 되어 있어. 그러니 제발 엄마를 적으로 돌리지 말아. 엄마 마음은 언제나 너를 향해 열려 있어”였다. 이 말은 진심이었고, 아이가 다른 사람은 몰라도 엄마인 나에게만은 마음을 열기를 바랐다.

사춘기 아이가 미워서, 야속해서 가슴이 짓무르면서도 내가 아이에게 원하는 것은 딱 한 가지였다. 아이를 임신했을 때 눈물이 왈칵 나올 정도로 기뻐했다는 것, 아이가 태어나고 보여주었던 작은 몸짓에 크나큰 행복을 느꼈다는 것, 이 세상 그 무엇보다 사랑한다는 것, 그리고 한 번도 그 사랑이 줄어들지 않았다는 것이다. 아이가 사춘기를 겪는 동안 나는 끊임없이 이 사실들을 알려주려고 노력했던 것 같다.

전문가들은 사춘기를 이렇게 말한다. 아이가 자신의 존재가 얼마나 소중한지를 알아가는 과정이라고. 너무 공감되는 말이다. 사춘기를 겪는 동안 부모가 어떻게 아이를 대했는지에 따라 아이는 어른이 되면서 ‘나는 나 자체로 사랑받는다’고 생각하고 자신을 긍정적으로 볼 수 있다. 그만큼 사춘기 시기가 아이에게 큰 영향을 끼친다는 의미이기도 하다. 그러니 부모는 사춘기 아이 때문에 힘들다고 이 중요한 시기를 아이와 같이 지랄 춤을 추며 흘려보내면 안 된다.

지금 사춘기를 겪는 아이 때문에 울고 있는 엄마들에게 마지막으로 한마디 하고 싶다. 세상 모든 것은 변한다. 너무 당연한 것 같지만, 아이가 사춘기 절정일 때는 영영 사춘기일까 봐, 영영 부모와 아이가 원수처럼 살게 될까 봐 걱정되고 두려워서 잠도 못 잔다. 하지만 사춘기는 지나간다. 반드시 지나간다. 그러니 그만 울고 소고기 구워서 밥 든든하게 먹고, 홍삼도 챙겨 먹고, 영화도 보러 다니길 바란다. 엄마는 이 세상 그 누구보다 강하다는 걸 잊지 말자!

참고 문헌

1. 《나는 내가 좋은 엄마인 줄 알았습니다》, 앤절린 밀러, 윌북, 2020.
2. "내 동의 없이 날 왜 낳아"…부모 고소하겠다는 남성, 중앙일보, 2019.02.09. https://www.joongang.co.kr/article/23355815
3. '중2병' 사춘기 두뇌, 엄마 말보다 이 사람 말에 더 민감, 조선일보, 2022.04.30. https://n.news.naver.com/news/article/023/0003688628? Sid=105
4. 《아빠는 사춘기가 어렵다》, 이미형/김성준, 오후의책, 2019.
5. 《사춘기쇼크》, 이창욱, 맛있는책, 2014.
6. 《사춘기 뇌가 위험하다》, 김영화, 해피스토리, 2011.
7. 《갱년기 직접 겪어봤어?》, 이현숙, 비타북스, 2020.
8. 《아이의 스트레스》, 오은영, 웅진리빙하우스, 2012.
9. 초등학생 잔혹동시 10세女 "'학원 가기 싫은 날' 이렇게 엄마를 씹어 먹어" 경악, 뉴스인사이드, 2015.05.07. http://www.newsinside.kr/news/articleView.html?idxno=318809
10. 《자녀가 상처받지 않는 부모의 말투》, 김범준, 애플북스, 2017.
11. 《지구별 여행자》, 류시화, 연금술사, 2019.